講談社X文庫

⑮高校生白書《フイフテイーン》

果保編

小林深雪

TEEN'S HEART

会いたくて
いつも会えないから
時間を飛び越えて
夢の中で会おうよ

⑮高校生白書

CONTENTS

果保編

イラストレーション／牧村久実《まきむらくみ》

⑮《フィフティーン》高校生白書

果保編

春色の口紅

「ねぇ。ねぇ。果保《かほ》じゃない？」

名前を呼ばれて振り向くと。
そこには、まったく見覚えのない女の子が立っていた。
人なつっこい笑顔で、にこにこしてる。
まるで、十年来の友達って感じの親しげな笑顔。
なのに……なのに。
あたし、まるっきり、おもいっきり、覚えがない。
誰《だれ》だっけ？
4月。
私立緑山女学院《みどりやまじょがくいん》の入学式が、今、終わったところ。

ミッションスクールで、ステキな礼拝堂《れいはいどう》が自慢なんだよ。
女子校なので、見事！に、男の子がいないけど。
あたしには、ちゃんと、翼《つばさ》くんというボーイフレンドがいるもんね。
あたしも、今日から、高校生。
新しい制服。
新しいカバン。
新しい空気。
そして、新しいあたし。
まるで、生まれ変わったみたいに気持ちがリフレッシュされる。
初めて会う女の子たち。
初めての先生たち。
初めての電車通学。
初めての定期券。
桜吹雪《さくらふぶき》のシャワー。
早春の甘い香り。
土や緑も冬眠から目覚めて、自然界も春本番。

今、ステージの緞帳《どんちょう》が上がったところ。

そんなまっさらな雰囲気《ふんいき》って好き。

これから、どんな夢でもかないそうな気がする。

なりたての高校1年生と親たちで、校内はいっぱい。

期待が満ちて、ざわめきが広がる。


15歳の春。

つい先月までは、中学生だったのにね。

まるで、階段を3段抜かし、しちゃったみたい。

高校生、か。

ふいに、自分が、うんと大人になったような気がする。

入学式が無事に終わって、クラス分けの掲示板《けいじばん》を見ながら、自分のクラスを探していたら、見知らぬ女の子から、声をかけられた。

「あなた、広岡《ひろおか》果保でしょ？」

しかも、フルネーム。
でも、ほんとに誰《だれ》？
マジで、覚えがないよ。
誰ですか？
なんて、いきなり聞いたら、失礼だよね？
その女の子。
じいっとあたしの瞳《ひとみ》に焦点《しょうてん》をあわせてくる。
派手《はで》な顔だち。
髪もふわふわのウエービー。
白くて艶《つや》っぽい肌《はだ》。
雰囲気《ふんいき》、大人っぽいなぁ。
上級生？
果保って、呼び捨てってことは……？
うーん。
「ほんと、果保って、昔から、全然変わってないよね」

昔から？

「えーっと」

あたしが、困り果ててると、

「誰《だれ》だかわかんないのっ？　あいかわらず、ボケねー」

と、きたよ。

口が悪い……。

まるで、すみれちゃんみたいじゃない。

高校でも、第2のすみれちゃん、登場なわけえ⁉

しかも、あたしの肩、なれなれしく、バンバン叩《たた》くし。

ぐえ。

痛いってば。

「あたしよ。あたし。はな。伊集院花子《いじゅういんはなこ》」

いじゅういんはなこ……。

え？

「あーっ！」

記憶が、フラッシュみたいにピカッと閃《ひらめ》いた。

思い出した!

「わかる?」

「わかった。花ちゃんっ!?」

あたし、目をパチパチさせちゃうよ。

うわぁ。

興奮。

うそでしょっ。

「あの花ちゃんなの!?」

「そーよっ。やっと、思い出した?」

「きゃーっ。ひさしぶりっ。元気にしてたのー? いつこっちに来たのっ」

あたしたち、手を取り合って、飛《と》び跳《は》ねる。

「山口県《やまぐち》に引っ越したんじゃなかったっけ?」

「また、戻《もど》ってきたのよ。父親の銀行の転勤でっ! 3月にっ」

「うわーっ。そうだったんだ。今度の家は、どこ?」

「渋谷《しぶや》の近く、南平台《なんぺいだい》ってとこ。代官山《だいかんやま》の近くだから、遊びに来てよ」

「うわあ。いいなぁ。オシャレなとこじゃないっ」

「ショッピングとか楽しいよ」

「いいなー。ね？　花ちゃん、小学校3年生のときだよね。転校したの？」

「うん」

「じゃあ、じゃあ、7年ぶりっ？」

「そうよ。ほんとなつかしいねー」

「よく、あたしのことわかったね」

「だって、果保、昔のまんまだもん。童顔。一発で、わかったよ」

「花ちゃんは、すっごく大人っぽくなったよ」

「ふふふっ。そうでしょ？　努力してんのよ」

花ちゃんが、ぐっと握《にぎ》りこぶしをつくって言った。

「女は美しくないとねっ。ソンだからねっ。手をかけてるわよぉ。あたし、美容マニアなのよっ。なんでも聞いてっ」

「へえ。すごーい」

「あーあ。果保は、あいかわらず、スッピンなのねぇ」

「えっ。花ちゃん、今、メイクしてるの？」

「もち。1時間かけた、スーパーナチュラルメイク」

「がーん」

外見は変わったけど。

中身は変わってないな。

幼稚園から小学校の3年まで、ずっと一緒《いっしょ》のクラスで。

花ちゃんとは、ほんとにいちばんの仲良しだったんだよ。

ふたりで、いつも遊んでたんだ。

「さっき、クラス分けの掲示板《けいじばん》で、広岡果保って、名前、見つけたのよ。で、もしやと思ったら。やっぱり、果保だった」

「あたし、何組だった？」

「2組。しかも、一緒のクラス」

「わあ。やったね」

「やったじゃないよぉ。あいかわらず、トロいね。まだ、自分のクラス、見つけてなかったとは……とほほ」

花ちゃん、髪をかきあげる。

「女子校なんて、タイクツって思ってたけど、果保が一緒なら、タイクツしなさそうだなぁ。楽しくなってきた」

花ちゃん、いたずらっぽく笑う。

「果保、からかってると、面白《おもしろ》いもんね」

「ひどいなぁ」

「ねぇ。果保。ご両親とお姉さんたち、元気？　ちっちゃいとき、よく遊んでもらったからさ」

「元気だよ」

「お姉さんたちって、今もう、大学生？」

「うん。上の美保《みほ》ちゃんは、大学3年。その下の真保《まほ》ちゃんは、今年から大学生」

あたしは、三姉妹の末っ子なんだ。

「ふたりとも美人でさ。子供心に憧《あこが》れてたんだよねぇ。今度、遊びに行ってもいい？」

「いいよ。おいでよ。美保ちゃんも、真保ちゃんも喜ぶよ」

それから、わいわい。

思い出話で、ふたりで盛り上がっちゃった。

でも、ほんと。

花ちゃんと再会できるなんて。

高校生活、楽しくなりそう！


「花ちゃんは、なにか、部活入るの？」

「入らない。放課後は遊びたいもん。果保は？」

「迷ってる。演劇部とかも、面白《おもしろ》そうかなって」

「帰宅部がいちばんラクだって。やめようよ。そんなことより、果保。合コンやろ」

「合コン!?」

「女子校だと、チャンスないじゃない。男子校のグループに声かけたら一発よ」

花ちゃんが、目配《めくば》せする。

「高校生になったんだし、彼のひとりやふたり、つくんないとねっ」

「…………」

「なによ。ヤなの？」

「えーっと」

「なによ。気のない返事。まさか、果保、男いるとか？」

「男って、ロコツな言いかただなぁ」

「いるんだ？」

「うん……」

「えーっ」

花ちゃんが、絶叫《ぜっきょう》した。

「ショック」

「なんで、よぉ」

「だって、果保に、カレがいるなんて!?　ガーン」

「そんなに驚くことないじゃない」

「だって、あたし、彼氏いない歴15年なのよ。果保に先こされた」

「そうなの？　花ちゃんなら、いっぱいいそう」

「それがねぇ。あたし、男の趣味、かなりうるさいからさ。でもさ、果保のカレって、どんなヤツ？　名前は？　どんな男よ？　年上？　年下？　で、いい男っ？」

「そんないっぺんに答えられないよぉ」

「誰《だれ》？　あたし、知ってたりして？」

「知ってるかも。小学校が一緒《いっしょ》だった大石翼《おおいしつばさ》くんっていう」

「えっ？　大石翼？　わかるよ。話したことないけど。女の子みたいに可愛《かわい》い子？」

「うん」

「へえっー」

花ちゃんが、身を乗り出してきた。

「会いたいっ。会ってみたい。会わせてっ！」

「うん。いいけど……花ちゃん。取っちゃやーよっ」

「ふふ。いい男だったら、わかんないよ」

「花ちゃんが言うと冗談《じょうだん》に聞こえないから怖《こわ》いよ」

「彼、どこの学校？」

「湾岸《わんがん》高校」

「おっ。エリートじゃん。将来性もあるねっ。イケる」

「あのね……」

「よしっ。じゃ、果保のカレに同級生を紹介してもらおっと。決まりねっ」

花ちゃん、なんか、すごい迫力だ。

「ね？　帰り、どっか寄ってこうよ。もっと話さない？」

「あ、ごめん。用事あって」

「なにぃ。デートってか？」

「うん」

ちょっとテレるな。

「生意気なっ。ま、いーけど。じゃ、これ、貸したげる」

花ちゃんが、化粧《けしょう》ポーチを出して、

「はいっ」

あたしの手に口紅《くちべに》を載《の》せた。

春色のリップ。

淡《あわ》いピンク。

桜の色。

「カレがキスしたくなっちゃうルージュって、ＣＭのヤツだよ」

「あ、うん。知ってる」

花ちゃんの言葉に、ドキッ。

そういえば……。

最近、翼くんとキスしてないなぁ。

なんて思ったら、カッと頬《ほお》が熱くなった。

やだーっ。

あたしってば……はしたないかもっ。

「これ、グロス入りで、唇《くちびる》がツヤツヤになるから」

「ありがと」

「ほら。つけてみなさいよ」


礼拝堂《れいはいどう》の石段の陰《かげ》で。

手鏡を出して、うすくルージュをつけてみる。

なんだか不思議。

唇に、いきなり、春が来たみたい。

春って、パステルカラーが似合うよね。

気持ちも、ふわふわ、女の子っぽくなっちゃって。

なんだか、可愛《かわい》いワンピースとか着たくなっちゃう。


「はい。あと、これ」

「なに？」

「ミントキャンディ」

「ありがと」

「今日は、ミント味のキスだよ」

「もーっ。花ちゃんってばっ」

RRRR。

そのとき、携帯《けいたい》電話が鳴った。

「はい」

慌《あわ》てて、出ると、大好きな男の子の声が聞こえてきた。

「あ。果保」

「翼くん？」

ボートを漕《こ》ぐ

「果保《かほ》。今、こっちも入学式終わったとこ」

翼《つばさ》くんが、はずんだ声で言った。

「あたしも、今、帰るところ」

「じゃ、待ち合わせしよう。駅の改札で」

「うん。じゃあ、あとでね」

携帯《けいたい》の通話ボタン、オフにしたとたん。

頰《ほお》がゆるんじゃう。

「おおー。さっそく、ラブコールか。やるね。こいつー」

花《はな》ちゃん、あたしのほっぺた、ぎゅっとひっぱる。

「いたたた……」

「なによ、嬉《うれ》しそうにしちゃってぇ。ちぇっ。くやし。あたしも、早く男、見つけなくっちゃあ」

「そんなわけで、花ちゃん、あたしは、お先に」

「オッケー。オッケー。その代わり、今日のデートの報告しなさいよ」

「うん。また、明日ね」

花ちゃんと別れて、あたしは駅へと急ぐ。

電車に乗って、自宅の最寄りの駅へ。

そして、足早《あしばや》に改札口へ。

あ、いた。

いつもの駅で、初めて見る、高校の制服姿の翼くん。

大好きな大好きな男の子。

中学のときは、小柄なほうだったのにね。

どんどん身長が伸びて、会うたびに大人っぽくなっていく。

大好きな春の甘酸《あまず》っぱい香りに、胸がきゅんとする。

「果保」

翼くんが手を振る。

あたしは駆《か》けだす。

「ごめん。待った？」

「いや。少しだけ」

翼くんが、くしゃっと笑顔になる。

あたしは、このときの翼くんの笑顔が、心の底から大好きなんだよ。

のろけて、ごめーん。

でも、この笑顔に出会うと、自然に自分も笑顔になっちゃう。

「果保。制服、似合うね」

「ありがと。あたしも、ここの制服、気にいってるんだ」

ボレロが可愛《かわい》いんだもん。

「翼くんも、似合うね。カッコいい」

「ありがと。果保。これから、サントロペ行かない？　オレ、親戚《しんせき》から、入学祝い、いっぱいお金、せしめたからさ。おごってあげるよ」

「わあい。やったぁ。ラッキー！」

「あそこ、この春から、ランチ始めたんだよ。今なら間に合うから」

「楽しみー」

　ふたりで、肩を並べて歩きだす。

　うららかな春の午後。

　翼くんと歩いてると、見慣れた風景がいつもと違って見える。

　街じゅうがイキイキと輝きだすよ。

「ユースケくんとすみれちゃんは、元気？」

「あいかわらず。今日も、ふたりで、大ゲンカしてたよ」

「え。なんで？」

「入学式で、ユースケが、『あのコ、かわいー』ってほかの女の子見て言ったら、すみれが激怒。『あたしより、可愛《かわい》い女の子がこの世に、いるわけないでしょ』だって」

「ぎゃははは。目に浮かぶー。さすが、すみれちゃん。最強の女だね」

「あいかわらずだよ。ユースケ、尻《しり》にしかれてるなぁ」

「あはは。それで、翼くんとユースケくんは、サッカー部に入ることにした？」

「うん。すみれも、サッカー部のマネージャーやるってさ」

「そうかぁ。いいなぁ。3人一緒《いっしょ》か。楽しそうだなぁ」

　あたし、ちょっと、シュンとしちゃう。

仲良しの4人で、あたしだけ、第1志望の湾岸《わんがん》高校に落ちちゃって、別の高校になっちゃったから。

寂《さび》しいよ。

「高校の部活って、中学のときよりハードだから、あんまり、果保と遊べなくなっちゃうかもしれないけど」

「覚悟してます」

「でも、時間つくって、今度、ユースケたちと4人で遊ぼう」

「うん。楽しみっ」

「すみれが、すっげぇ怖《こわ》いホラー映画か、スプラッタ観《み》たいって言ってたな」

「えーっ。じゃ、あたし、パス。怖いの嫌いだもん」

「オレは、みんなで、テニスとかしたいな」

翼くん、スポーツ少年なんだ。

話してるうちに、サントロペに到着。

あたしたちは、窓際《まどぎわ》の席に、向かいあって座《すわ》る。

カフェの窓からは、緑の芽を吹き出した木々の梢《こずえ》が見える。

その先には、満開の桜のピンク。

そして、桜の上には、さわやかな青空。
ピンクとブルーのコントラストが夢みたい。
「きれいだね」
「うん」
翼くんが、うなずいてくれる。
ランチのあとの、食後のコーヒーの香り。
シナモンとナツメグをかけた、焼きたてのアップルパイ。
香ばしいにおいのキャラメル・カスタード・プディング。
白い湯気《ゆげ》のたつコーヒー。
ああ、今、しあわせだなぁ。
って、しみじみと思っちゃった。
あたし、翼くんといるとね、女の子に戻《もど》れる、そんな気がする。
気持ちも表情も、女の子してる。
って自分で思う。
トロくて抜けてて、おバカな広岡《ひろおか》果保は、消えちゃう。
翼くんのまなざしは、あたしを変えてくれる魔法なのかも。

「果保。これから、公園に行って、ボートに乗らない？」

翼くんが、提案した。

「わあ。乗りたい！」


ふたりで、近くの公園の池でボートに乗る。

翼くんが、リズミカルにオールを漕《こ》いでいく。

どんどん、池の真ん中に進むと、水面は、鏡のように静かになっていく。

翼くんが、オールを漕ぐ手を止めて、自然にボートが漂うのにまかせる。

風と小鳥の鳴き声に包まれて、まるで別世界にいるみたい。


「果保。今年の夏休みさ」

翼くんが、静かに口を開いた。

「旅行に行かない？」

「え」

あたしは、びっくりして、顔を上げる。

心臓が止まるかと思った。

「ユースケんちが、伊豆《いず》に別荘を持ってるんだって」

「えー。すごいね」

「そこに4人で、遊びに行かない？」

ふたりっきりってわけじゃないのか。

安心したような、ちょっと残念なような……。

「海で、いっぱい泳いで、花火やろうよ」

「海辺でバーベキューも楽しそうだね」

「あ、オレ、カレーつくるよ」

「翼くん、つくれるの？」

「まかせて」

「うわっ。楽しそう」

「絶対に楽しいよ」

「じゃ、夏休みね」

「うん。約束だよ」

ふたりで、指をからめた。

そのときだった。

「果保ー。翼くーん」

池の向こうから声がした。

「あっ。真保《まほ》ちゃんだ！」

「桐島《きりしま》先生もいるよ」

下のお姉ちゃんと、そのカレの桐島先生。

桐島先生は、なんと、あたしと翼くんの中学時代の担任の先生だったんだよ。

真保ちゃん、やるでしょ？


「桐島先生！　わあ。ひさしぶり」

あたしと大石《おおいし》くんは、ボートで池の岸まで戻《もど》って、ふたりのもとへ。

「果保。大石。高校入学おめでとう」

桐島先生が、にっこり微笑《ほほえ》む。

「ありがとうございます」

大石くんが、ペコッと頭を下げる。

「ふたりとも、ずいぶん大人っぽくなったな」

桐島先生が、急に担任の顔になってそう言う。

実は、桐島先生は、あたしの初恋の人。

中1のバレンタインに告白して、フラれちゃったんだけどね。

「大石。どうだ、サッカーのほうは？」

「はい。高校でもがんばります」

桐島先生と翼くんが、男同士で話しこんでる。

あたしと、真保ちゃんは目と目で微笑《ほほえ》みあう。

「真保ちゃんたちも、デート？」

「うん。これから、ワタルちゃんが、大学の入学祝いを買ってくれるっていうからさ」

「わあ。いいなぁ」

「ねぇねぇ。果保。それよりさ」

真保ちゃんが、声をひそめる。

「最近、美保《みほ》ちゃんの異変に、あんた気がついてる？」

美保ちゃんっていうのは、上のお姉ちゃんのことだよ。

「異変？」

「実は、あたし、この前、偶然、目撃しちゃったんだよね」

「なにを？」

「美保ちゃんが産婦人科から出てくるとこ」

「産婦人科？」

「うん。おまけに、昨日は、洗面所で吐《は》いてたよ」

「えっ。それって……」

あたし、ギョッとする。

「わかるでしょ？」

「……う……うん。ってことは、まさか」

「美保ちゃん、妊娠《にんしん》してるっぽい」

「ええええええ。妊娠⁉」

「ばか。声が大きいっ」

真保ちゃんが、慌《あわ》てて、あたしの口を覆《おお》った。

「まだ、ナイショなんだから」

「誰《だれ》が妊娠だって？」

桐島先生が聞いてくる。

「あ……あの……すみれちゃんちの鯉《こい》！」

あたしは、とっさに、そう答えて、ごまかした。

「バカ！　果保、魚は妊娠《にんしん》しないって‼」

真保ちゃんが、唇《くちびる》に人指し指を立てる。

「いい。このことは、トップシークレットよ。誰《だれ》にも言っちゃだめよ」

「う……うん」

「美保ちゃん、ひとりで、今、悩んでると思うんだ」

「海人《かいと》さんは知ってるのかな……」

「そこが、問題よね。こういうとき、果保だったらどうする？」

「えーっ」

なんか、心臓がドキドキしてきた。

妊娠って……。

なんか、生々《なまなま》しいよ。

美保ちゃん、どうするのー？

デートはキャンセル

「なによ。果保《かほ》。人のこと、じろじろ見て」

美保《みほ》ちゃんが、けげんそうにあたしのほうを見た。

日曜日の朝のこと。

「いや。な……なんでもない」

なんだか、ついつい、美保ちゃんのおなかに目が行っちゃうんだよね。

「どう？　果保、女子校は？」

「すごくラク。男の子がいないぶん、女の子同士、本音《ほんね》でつきあえるって感じで。みんなのびのびして、こういうのもいいなぁって」

授業中、こっそり、お菓子を交換しあったり。

お昼休み、中庭の芝生《しばふ》で、桜の花を眺《なが》めながら、ランチしたり。

ファッション雑誌を交換したり。

女の子だけの秘密の花園って感じで、女子校も悪くない。

「美保ちゃんは、最近、どう？」

「うーん。ちょっと体調が悪いんだよね」

「えっ。やっぱり」

「やっぱりって？」

「いや、なんでもない」

あたし、慌《あわ》てる。

「海人《かいと》さんとは、会ってる？」

「会ってるわよ。今日も、午後から、会う予定」

「そう。なら、いいんだ」

「なによー。ヘンな果保」

そのとき、あたしの携帯《けいたい》が鳴った。

「果保。おはよう」

「あっ。翼《つばさ》くん。おはよう」

なんか嬉《うれ》しくなっちゃうな。

「ごめん。今日も会えないや」

「えーっ。どうしてっ!?」

「練習のあとサッカー部で、新入生歓迎会があるんだって」

「そうなんだ……」

「ほんとに、ごめん。帰り、何時になるかわかんなくて」

「残念だなぁ」

高校生になってから、翼くんのドタキャンが増えた。

「ごめん。また、電話するよ」

プツッ。

電話が切られる。

ツーツーツー。

あたしは、むなしい呼び出し音を聞いている。

つまんないなぁ……。

「はあ……」

あたしが、ため息をついてると、また、RRR。

携帯《けいたい》電話が鳴った。

「はい？」

「あっ。果保。あたし。花《はな》」

「わっ。花ちゃん」

「ね？　今日、ヒマ？　遊ぼうよ」

「ヒマヒマ。遊んでーっ。今、デート、ドタキャンされたのっ」

「ほんと？　それは、グッドタイミングだわっ。実は、あたしのイトコがね、果保のハナシしたら、すっごく会いたいってうるさいのよ。呼んでもいいでしょ？」

「花ちゃんのイトコが？　なんで？　あたしに？」

「さあ？　あたしに似て、けっこう美形だよ。高校3年なんだけど、どうよ？」

「えーっ。男の子なの？」

「あったり前じゃないっ。ダブルデートだよ。じゃ、渋谷《しぶや》のスペイン坂のアンナミラーズで。3時、待ち合わせねっ」

「ちょっ。花ちゃん」

プチッ。

もう。

一方的に、電話、切っちゃうんだからーっ。

ブツブツ、言いながらも。

まあ、たまには、こんなのもいいかな。

なんて、ちょっとウキウキしながら、出かけたんだ。

渋谷に——。


「果保。こっちこっちこっちー」

待ち合わせ場所に行くと、すでに、花ちゃんと男の子がふたり待ってた。

わっ。キンチョーする。

「こっち、あたしのイトコ。伊集院礼《いじゅういんれい》」

ほんとだ。なかなか、美形じゃない。

「で、こっちは、あたしの友達の果保」

「よ……よろしくお願いします」

そう言って、あたしは、花ちゃんの隣《となり》に座《すわ》る。

「ふたりは、青葉学院《あおばがくいん》の3年生なんだよ」

そうなんだ。

青葉って名門の男子校だよね。

高校3年生って、かなり大人っぽいな。
礼くんは、花ちゃんのイトコだけあって、やっぱり、花ちゃんに顔だちが似てる。
遺伝って不思議。
でも、なんで、あたしに会いたいって思ったんだろ？
「じゃ。このあとは、別行動ってことで」
花ちゃんが、さっそく、ザッと立ち上がる。
えっ。
うそ。
は……早い。
「じゃ、果保。また。明日ねっ」
そう言うと、花ちゃんともうひとりの男の子、さっさと、店を出ていっちゃった。
「ちょっ……、花ちゃん。待ってよ」
あたし、こういうシチュエーション、慣れてないのにぃ。
知らない男の子と、ふたりっきり？
ひえーっ。
どうしたらいいの？

「広岡《ひろおか》果保ちゃんでしょ？　花に聞いてすっごく驚いたんだけど」

「は？」

「きみって、広岡真保《まほ》さんの妹なんだって？」

「あっと、そうですけど」

「実は、オレ、真保さんにすっごい憧《あこが》れてたんだよね」

「はあ」

「通学電車、いつも、一緒《いっしょ》で。真保さんって、息を飲むような美少女じゃない？」

礼さん、うっとりして、瞳《ひとみ》を遠くに泳がせた。

「話しかけたかったけど、もう、近寄りがたくって。オレ、いくじなくってさ」

「…………」

なるほど、そういうわけ。

それで、あたしに会いたかったのか……。

「今、彼女、どうしてる？」

「……春から大学1年生ですけど」

「通学電車、変わっちゃって、会えなくなって、ほんと寂《さび》しくってさ」

「…………」

「でも、果保ちゃんって、お姉さんに全然、似てないんだね……」

礼さん、あきらかに、がっくりしたように言った。

あたしは、無言で、ストローに唇《くちびる》を寄せる。

チクリ。

あたし、ちょっぴり傷ついたよ。

真保ちゃんの妹って聞いて、すんごい美少女が来ると思ったの？

なのに、あたしみたいなのが来たから、びっくりした？

期待はずれ。

って、顔にしっかり書いてあるんだもん……。

「ねぇ。ねぇ。真保さんって、どこの大学に進学したの？」

「外語大ですけど」

「うわっ。頭もいいんだ。オレ、今から、がんばって、外語大めざそうかな。そしたら、大学で、また再会できるしー」

あたし、なんか、むなしくなってきた。

「真保さんって、つきあってる人いるの？」

「はい。いますけど」

真保ちゃんには、桐島《きりしま》先生っていう、スッテキな彼がいるんだからっ。

あたし、キッパリ、そう言ったのに。

「そりゃ、そうだよな。あんな美人、男がほっとくわけないよな。でも、果保ちゃんが紹介してくれれば、オレ、アプローチして、彼氏から奪っちゃったりして……」

「あのですねっ。真保ちゃん、彼と、もう婚約してるんですよ」

「ええええええーっ！」

礼さん、絶叫《ぜっきょう》。

「婚約って……だって、まだ、18歳なのに？」

「大学卒業したら、結婚する予定なんです」

「ガーン。ショック……」

礼さん、がっくり肩を落としちゃった。

「あっ。でもさっ。果保ちゃんとこ、もうひとりお姉さんいるんだろ？　そのお姉さんもかーなーりー美形なんだって？」

「あっ。そのお姉ちゃんも、彼氏いますから。東大生のっ」

なによ。

今度は、美保ちゃんに手を出そうっていうの？

なんなのよっ。もう。

「あたし、もう、帰ります」

あたし、ザッと立ち上がる。

「なんだよ。果保ちゃん。せっかく会ったのに。カラオケボックスくらい行こうよ」

「けっこうです！」

「あ。ちょ……待ってよ。送る。駅まで送るよっ」

礼さんが、慌《あわ》てて、追いかけてくる。

あたしは、スペイン坂を駆《か》け下《お》りる。

もう、ダシに使われるのはたくさんだよ。

あたしだって、いちおう、女の子なんだからね！

と……あたしの視線が、釘付《くぎづ》けになる。

道路の向こう側のデパートから。

翼くんによく似た男の子が出てきたんだ。

前髪をかきあげるしぐさも、そっくり。

でも、今ごろ、高校でサッカーの練習してるはずだよね？

まさか、翼くんのはずないよね。

似てる人を見るとすぐに目が行っちゃうんだから。
あたしったら、恋愛ボケ？
でも、見覚えのあるフード付きのパーカ。
きわめつき、あたしと色違いのスニーカー。
！
やっぱり、翼くんだ。
本物だ……。
どうして渋谷にいるんだろ？
声をかけようかな。
と、思った瞬間。
翼くんの隣《となり》に、女の人がいることに気がついた。
柔らかそうな栗色のショートボブ。
遠目に見ても、キレイな女の人。
どう考えても、年上って感じ。
ふたりで、楽しそうに笑ってる。
え——？

知らない女の人。

不安が胸に絡《から》みついてくる。


「果保ちゃん。どうした？」

礼さんが、追いついて、聞いてくる。

「な……なんでもないですっ」

あたしは、ツカツカ、翼くんから逃げるように反対方向へ歩きだす。

「ちょっと、果保ちゃん。そっち、駅とは逆……」

「いいんですっ」

「果保ちゃーん。怒ったの？　ごめん、ごめん」

なんで、あたし、翼くんから逃げてるの？

翼くん、どうして、今日、あたしとのデートをキャンセルしたの？

今ごろ、学校にいるはずじゃなかったの？

翼くんが、あたしを裏切るわけない。

なにか、理由があるに決まってる。

そんなのわかってるのに。

なのに、不安なのは、どうして?

翼くんの携帯《けいたい》に、今、電話しようか?

今、渋谷にいるの。

翼くんを見かけたよ。

明るく、そう言ったら。

翼くんも、

「どこにいるの? 今から、会おうよ」

明るく、そう言ってくれるはずでしょ?

なのに、怖《こわ》い予感がする。

ドドドド。

そのとき、バイクの排気音が、背中に迫ってきた。

「おーい。果保」

振り返ると、海人《かいと》さんが、バイクにまたがっていた。

「あっ。海人さんっ!」

「おっ。デートか? 果保もやるねぇ」

海人さんが、礼さんを見て言った。

「そんなんじゃないの。海人さん、なにしてるの？」

「オレ、ちょっと大学に用事あったんだよ。これから、果保んち行くとこ」

「ほんと？　あたしも今、帰るところなの。海人さん、うしろ、乗っけて」

礼さんは、海人さんを見て、ぽかんとしてる。

でっかいバイク。

しかも、めっちゃいい男だから、ちょっと圧倒されてるみたいよ。

「果保ちゃんの知り合い？」

礼さんが聞いてくる。

「うん。紹介する。あたしのカレ」

「えっ！」

礼さんが、絶句して、立ちすくむなか。

あたし、そう言い捨てると、海人さんから、ヘルメットを受け取って、バイクにまたがって、海人さんのシャツのウエストにしがみつく。

「じゃ、礼さん。そういうことで、バイバイ」

「か……果保ちゃん？」

礼さん、ぽかんとあたしのこと、眺《なが》めてる。

そうとう、驚いたみたい？

ああ、なんか、胸がスーッとしちゃった。

バイクがスタートして。

あたし、海人さんの背中で。

くすくすくす。

笑っちゃったよ。

なんか、気持ちいいっ。

われながら、ヤルじゃないって感じ。


「果保。なに笑ってんだよ」

「なんでもない」

「なんだよ。オレのこと彼氏とか言っちゃって。いいのかよ？」

「いーの。ヤな人だったんだもん。海人さん、迷惑だった？」

「いや。オレ、めっちゃ光栄だよ」

海人さんが笑う。

海人さんの、こういうとこ、大好き。

男の子なら、これくらい言ってくれなくちゃ。

女の子は、男の子に褒《ほ》められて、キレイになるんだよ。

「そーだ。果保、さっき、オレ、翼も見かけたよ」

「えっ？」

「なんか、美人とふたりでイミシンだったから、声かけなかったんだけどさ。果保も一緒《いっしょ》だったのか？」

イミシン……。

海人さんの言葉に、胸がチクッとした。

「あ……う……うん」

それより……そうだっ。

美保ちゃんのこと!!

「ねぇ。ねぇ。海人さん」

「なに？」

「美保ちゃんと、うまくいってる？」

「なんだよ。いきなり」

「浮気してない？」

「してないって。もう、へーキだから。安心しな」

「美保ちゃんとは、いろいろ話してる？」

「なんだよ。ズバッと言えよ。遠回しだな」

「あのね。海人さん」

息、スーハー。

「あたし、勇気を出して言っちゃうね」

「なんだよ？」

「もしも、もしもよ。美保ちゃんが、妊娠《にんしん》してたら……どうする？」

「え!?」

海人さん、叫《さけ》んで。

キキキッ。

バイクを、急ブレーキで止めて、振り向く。

「なんだよ、それ？」

「身に覚えあったりする？」

「……ある」

海人さん、きっぱり言った。

きゃーっ。

身に覚えあるんだー。

あたし、首まで真っ赤になっちゃった。

「なんだよ。果保。いきなり、そんなこと？　マジなのかよ？」

「わ……わかんないの。でもそういう可能性……あるらしい」

「なんで、美保のヤツ、オレに相談しないんだよ」

「悩んでるんじゃないかな……ひとりで」

「まさか、産みたくないとか言わないよな」

「でも、美保ちゃん。まだ大学生だよ？　子育てなんて、できないよ」

「そりゃあ、まだ、早いよな……」

「それに、美保ちゃん、学者さんになりたいんだよ。そのために、すっごい勉強して、東大まで入ったのに……計画狂《くる》っちゃうよ」

「じゃ、あいつ、オレに内緒《ないしょ》で、まさか、子供を……」

海人さんの表情が、さっと険しくなった。

「果保。バイク、飛ばすぞ。急がないと、あいつ、勝手に、なんかしかねないよな」

「責任感強いしね」

「それに、けっこう、ひとりで、ウジウジ、考えるヤツじゃん」

「そうだよね」

「一刻も早く、美保に会わなきゃ！」

海人さん、バイクの速度を、ぐっと上げた。

「海人さん……どうするつもり？」

「オレは、子供、産んでほしいよ」

「………」

海人さんが、そう言うと。

バイクのエンジンをいっぱいにふかした。

プロポーズ

「美保《みほ》。オレと結婚してくれっ！」

リビングに飛び込むなり、海人《かいと》さんが、そう叫《さけ》んだ。

バイクで、広岡《ひろおか》家に直行。

広岡家の午後のリビング。

パパとママと美保ちゃん、真保《まほ》ちゃん、4人で、のんびり、お茶を飲んでいるところだった。

いっきなりだよ。

えええ。

海人さん。

マジっすか？

あたしも、あまりのことに、びっくりしたけど。

リビングの中は、もっとパニック！

ガッチャーン！

美保ちゃんは、目を丸くして。

持ってた紅茶のカップ、床《ゆか》に落として、割っちゃうし。

「うっ」

ママは、食べてたケーキ、喉《のど》に詰《つ》まらせてるし。

ソファに座《すわ》ってた、いつも冷静なパパまで、

「えっ⁉」

と叫《さけ》んで、ソファからずり落ちた。

「いきなり、なんなのよ。海人」

真保ちゃんがクールに言いはなった。

「入ってくるなり、プロポーズって、どういうことよ？」

真保ちゃんが、いちばん冷静かも。

「まあ、そこに座りなさいよ」

「ちょっと……海人、言っていい冗談《じょうだん》と悪い冗談があるよ」

美保ちゃんが、眉《まゆ》を寄せて言った。

「パパとママもいるんだからね」

「オレ、マジだ。真剣だよ。美保」

海人さん、パパとママの前に、バッと土下座《どげざ》して、叫《さけ》んだ。

「お父さん。お母さん。美保さんを、僕にくださいっ」

「か……海人。海人……な……な……なに言って」

美保ちゃんが、真っ赤になって、しどろもどろになってる。

「なによ。いきなりっ。気でも狂《くる》ったのっ」

「オレ、真剣だって。美保は、イヤなのかよ？」

「イ……イヤなわけないけど……でも、なんで、こんな突然……」

美保ちゃん、ほんとに、オロオロしてる。

でも、内心。

すっごく、嬉《うれ》しそうだよ。

ひえーっ。

海人さん。

ここに来るまでの間で、そんな決断しちゃったわけ？

いいの？

ほんとに？

あたしは、あっけに取られて立ちすくんでた。

でも……でも……。

やるなぁ。

カッコいい！


「海人くん。立ちなさい」

パパが、海人さんの手を取った。

「土下座《どげざ》なんか、しなくていいから」

「そうよ。そうよ。もう、海人くんのことは、家族同然だと思ってるんだから」

ママも、美保ちゃんが割った、紅茶のカップを片付けながら、笑う。

「でも、そんな急に……。ふたりで、よく話しあったの？」

「いえ。これは、僕の独断です」

「美保が動転しちゃってるわよ」

「すみません。いきなりで。でも、時間がないんです」

海人さんが、頭を下げながら言った。

「時間？」

パパが、けげんそうな顔になった。

「実は、美保のおなかには、僕の子供がいます」

「ひえっ」

ママが、集めた紅茶のカップ、また、ガシャン。

下に落としちゃった。

パパが、バッと立ち上がった。

「ほ……ほんとなのか!? 美保？」

こんなに取り乱してるパパ……。

あたし、生まれて初めて見たよ。

へえー。

「な……な……なんなのよっ。海人。ばっかじゃないのっ」

美保ちゃんが、叫《さけ》んだ。

「あんた、なに考えてんのよっ。いったい、なんで、そんなハナシになっちゃってんのよっ」

「ホントのこと言えよ。どうして、オレに隠《かく》すんだよ」

「隠すもなにも、そんなハナシ」

「子供、絶対に産んでくれよ。オレが、育てるから。協力するから。大学にも、ちゃんと通ってくれっ」

「果保！　犯人は、あんたね。海人になにか、言ったでしょ？」

美保ちゃんが、あたしに向かって叫《さけ》んだ。

「だ……だって。真保ちゃんが、あたしに」

「真保？」

美保ちゃんが、今度は、真保ちゃんをにらむ。

真保ちゃんは、どんなときも、冷静。

ムキになったりせずに、サラッと言った。

「だって、あたし、見ちゃったんだもん。美保ちゃんが、洗面所で吐《は》いてるとこ」

「え？」

「あと、産婦人科から出てくるところっ！」

「えええ」

パパとママが、立ち上がる。

「産婦人科に行ったのか？　どうして？」

取り乱したパパが、美保ちゃんのもとに駆《か》け寄《よ》る。

「どうして、そんな大事なことを、僕たちに相談してくれないんだ‼」

「そうよ。美保。ママには、なんでも話してって言ってるでしょ⁉」

「ちっがーう。違う。違う。あー、もう」

美保ちゃんが、頭を抱《かか》えた。

「産婦人科に行ったのは、ただの生理不順！」

「ウソつけ」

海人さんが、叫《さけ》ぶ。

「ウソじゃないっ。ほんとにほんと」

美保ちゃんが、頭をくしゃっとかいた。

「吐《は》いたのは、ただの飲み過ぎ！　海人が、テキーラなんか飲ませるからだよ」

「じゃあ……じゃあ……」

「あたしは、海人の子供なんか、妊娠《にんしん》してないわよっ！」

美保ちゃんの大声が、リビングじゅうにコダマした。

へっ⁉

「ほんとか？　ウソついてないだろうな⁉」

海人さんが、美保ちゃんの腕をつかむ。

「ほんとだってば」

「神さまに誓ってほんとにほんとだな？」

「な……なんだよ……。マジかよ……」

海人さん、緊張の糸が切れたのか、ソファにドサッと座《すわ》りこんだ。

「あー。もー。オレ、ひとりで、騒いで、バッカみてえ」

「ほんとだよ。早とちりなんだから。あきれるね」

「……す……すみませんでした。お騒がせしました」

海人さん、パパとママに頭を下げた。

「いや。あの……そ……それなら、いいんだ……ははは」

パパが、むなしく笑ってる。

ママも、

「あー。びっくりした……」

って、胸をなでおろしてる。

「でも……」

美保ちゃんが、そっと、海人さんの手を取った。

「でも……海人。ありがとう。嬉《うれ》しかったよ」

「美保」

「海人って、ヤルときは、ヤルね」

「おう。これくらいヤルぜ」

「………」

美保ちゃんが、海人さんの肩に、コツン。

おでこをぶつけた。

きゃーっ。

やるう。

あたし、なんだか、ふたりのこと見てて、うらやましくなっちゃった。

「あたしも、ついに、おばあちゃんかなーって、今、思っちゃった」

ママが、照れたように笑った。

「ほんと、真保と果保は人騒がせなんだから。やあねぇ。とにかく、もう一度、お茶、いれてくるわね」

ママがそう言って、キッチンへ向かおうとした。

そのとき。

真保ちゃんが、髪をかきあげながら言った。

「実は、ママ、ほんとにおばあちゃんになるんだよね」

「へっ?」

今度は、あたしもギョッとして顔を上げる。

なに?

真保ちゃん、なに言いだすの?

どういうこと?

「みんな、ニブイなぁ」

真保ちゃんが、ゆっくりと立ち上がる。

「なんで、あたしが、産婦人科で、美保ちゃんを見かけたと思う?」

真保ちゃんが、ニヤッと笑った。

「え？」

部屋にいた、全員が、真保ちゃんに注目する。

「それは、あたしも、産婦人科に用事があったからなんだよねー」

「！」

パパが、跳《と》び上《あ》がった。

「真保っ。まさか？」

「ふふっ。パパも、おじいちゃんだよ」

パパが、絶句した。


「美保ちゃんと一緒《いっしょ》に、子供、産めると思ったのに、ざあんねん」

「真保、冗談《じょうだん》でしょ？」

美保ちゃんが、ひきつった顔で笑う。

「冗談で、こんなこと言えないわよー」

真保ちゃん、Vサインを出す。

「あたし、妊娠《にんしん》しちゃいましたーっ」

「えええええ！」

あたしは、あわあわして、真保ちゃんのもとに走る。

「もちろん、桐島《きりしま》先生の子供なんだよね？」

「あたり前でしょ」

真保ちゃん、へーゼンとしてる。

「でも、まだ、ワタルちゃんは知らないの。これは、あたしの計画的犯行だし」

「計画的って……」

「だって、こうでもしなくちゃ、ワタルちゃんと結婚できないじゃない」

「うそ……」

「ワタルちゃんの家族は、もともと、結婚に反対じゃない？」

「だからって」

「子供ができちゃったら、みんな、しょうがないなーって認めてくれるでしょ？」

や……や……やることが、大胆《だいたん》。

桐島先生と真保ちゃんの子供……。

真保ちゃんは、にっこり微笑《ほほえ》んでる。

すごい、大物。

みんな、絶句しちゃって、言葉にならないっていうのに。

「真保。桐島先生は、そのこと、ほんとにまだ知らないんだね⁉」

パパが聞いた。

完全にパニックしてる。

「うん。知らないよ。これから、言おうかなっ」

真保ちゃんが、いたずらっぽく笑った。

「ワタルちゃんも、海人みたいに、パパとママに土下座《どげざ》してくれるかなぁ。ちょっと楽しみ」

「楽しみって……」

あたしは、信じられない。

真保ちゃんって、やっぱ、大物だ。

ひえーっ！

なんか、怒濤《どとう》の展開で、ついてけないよー。


そして、そのあと。

パパに電話で呼び出された桐島先生が、わが家に慌《あわ》てて、やってきたんだ——。

胸の鼓動《こどう》

「うっそー。じゃあ、果保《かほ》、ほんとに、おばさんになるんだーっ」

花《はな》ちゃんが、目を丸くした。

「そうなのっ。そうなの。もう、びっくりだよっ」

「それで、桐島《きりしま》先生とやらも、びっくりしたでしょ？」

「先生は大人だからね。海人《かいと》さんとは違って、冷静だったよ」

「へえ？」

「結婚式とか、これからの生活のこととか、パパやママとコツコツと詰《つ》めてたよ」

「そうなんだ」

「もう、真保《まほ》ちゃんのやること、大胆《だいたん》で、ついてけないよ」

「でも、おめでたいじゃないっ」

「まあね。桐島先生が、ほんとのお兄さんになってくれるのは、かなり嬉《うれ》しいけどね」

「果保の初恋の人なんでしょ？」

「うん。すっごく優しくって、あったかくて、天使みたいな人だよ」

「へえ。いいね」

「真保ちゃんも、悲しいことが多かったから。しあわせになってくれるといいな」

あたしは、心からそう思ったんだ。

「でも、大学1年生で、結婚かぁ。やるう」

「そうなの。子育てしながら、大学も、ちゃんと通うって、真保ちゃん言ってるし」

「結婚式は、どうするの？」

「今から、準備して、9月にやることになったんだ」

「9月。もうすぐじゃない」

「うん。真保ちゃんには、いっつも、驚かされるよ」

「でも、楽しみだね。いいなぁ。あたし、人の結婚式って出席したことないんだ」

「あたしも。ついでに、可愛《かわい》いドレス、買ってもらっちゃおうと画策中」

「ちゃっかりしてる」

「でしょ？」

ふふ。
あたしは、笑っちゃう。
ほんと、やることとなすこと、真保ちゃんらしいよ。
美保《みほ》ちゃんと海人《かいと》さんのこと、巻き込んで、さんざんからかっといて。
自分は、シラッと告白だもんね。
でもさ。
美保ちゃん。
ほんとは、嬉《うれ》しそうだったの、知ってるよ。
いいよね。
あんなふうに。
なんの迷いもなく、プロポーズされたら。
女の子としては、しあわせだよね。
そうだよなぁ。
そういうこと、まだだけど。
あたしが、妊娠《にんしん》しちゃってよ。
そのとき、翼《つばさ》くんが、海人さんみたいな態度とってくれたら。

あたしも、すっごく感動するだろうな。
いいなぁ。
美保ちゃん。
海人さんに愛されてるんじゃない。
しっかし、真保ちゃんも大胆《だいたん》。
でも、でも。
もう、結婚の約束はしてたんだしね。
婚約指輪も貰《もら》ってたんだし。
ふたりには、しあわせになってほしいな。
あんなに、お互いを思いやってるカップルはいないもん。
真保ちゃんは、実は、広岡《ひろおか》家の養女。
真保ちゃんの、ほんとうの両親は、事故で亡《な》くなっちゃったんだ。
だから、あたしとは、血がつながってないの。
そうだよ。
顔が似てなくても、当然なんだよ。
！

思い出しちゃった。

伊集院礼《いじゅういんれい》！

しっつれいなヤツッ！

「そうそ。果保。この前は、ごめんねー。うちの礼のヤツ、バカで」

「ほんとだよ。真保ちゃん、結婚するんだから、いいキミ〜」

「ほんと、あいつ、ばっかだよな。なに考えてるんだろ」

花ちゃんが、頭をかいた。

「ほんと、悪かった。許して。だから、これに懲《こ》りずに、今日、あたしに湾岸《わんがん》高校の男、紹介してねっ」

花ちゃんが、あたしに擦《す》り寄《よ》る。

「はいはい……」

結局、それかい……。

さすが、イトコ同士、よく似てるよ……。

実は、ね。

今、学校帰りの放課後。

湾岸高校に、向かってるとこなの。

翼くんのこと、花ちゃんに相談したらさ。

花ちゃんが、サッカー部の練習、見学に行っちゃお。

って、提案してくれたの。

黙《だま》ってこっそり、見に行ったら。

翼くん、どんな顔するだろ？


「果保。湾岸高校に着いたよ」

「わーっ。受験以来だぁ」


あたしたちは、門をくぐって、校庭に入る。

グラウンド。

「あっ。サッカー部、あそこだよ」

「ほんとだ」

「なんか、試合してるみたい」

サッカー部の中で、紅白試合してる。

ほかの生徒たちも足を止めて、サッカー部の試合に声援を送ってる。
「きゃーっ。がんばってー」
女の子たちの黄色い悲鳴。
この光景。
なんだか、なつかしい。
あたし、中学のとき、サッカー部のマネージャーをしてたから。
思い出すなぁ。
なつかしさに胸がキュンとする。
あ。
いた。
翼くんだ！
胸の鼓動《こどう》が高鳴る。
翼くんは、サッカーやってるときが、やっぱりいちばんステキだね。
すごーい。
新入生なのに、もう、ちゃんと試合に出てる。
さすが。

「わあっ」

ギャラリーから、ひときわ大きな歓声。

パスを受け取って。

シュートッ！

ズサッ。

決まった。

「きゃーっ」

あたしも拍手！

やったぁ。先制点！

「翼くん。カッコいー」

あたし、おもわず、叫《さけ》んじゃう。

「え？　あれが、大石《おおいし》翼くん？」

花ちゃんが、聞いてくる。

「そうなの」

「うそ。マジ。チョーカッコいー」

花ちゃんが、見とれてる。

「かーなりー、ポイント高いじゃん。すっごい。果保のこと、見直したぜっ」

「ほんと？　えへへー」

あたし、デレッと顔がゆるむ。

「カッコよくなったねー。あの、女の子と間違われてた、大石翼がねー。へえっ」

花ちゃん、腕組みして、考えこんでる。

「イケてるね」

「でしょ？　でしょ？」

花ちゃんに褒《ほ》められて嬉《うれ》しくなっちゃう。

そのとき。

「きゃーっ。果保じゃない。見学に来たのっ？」

なつかしい声がして、振り向くと、すみれちゃんが立っていた。

「きゃーっ。すみれちゃーん」

あたしは、すみれちゃんに抱きつく。

すみれちゃんは、中学のときの同級生。

一緒《いっしょ》に、サッカー部のマネージャーしてたんだ。

いろいろあったし。

ケンカもしたけど。

でも、今じゃ、いい友達だよ。

「ひっさしぶりじゃなーい。元気だったぁ？」

すみれちゃんが、笑う。

「うわっ。緑山《みどりやま》の制服かっわいー」

「いいでしょ？」

「でも、あたしが着たら、もっと似合うわね」

「…………」

あいかわらず。

この一言《ひとこと》を忘れないのが、すみれちゃんだわ。

ピーッ。

そのとき、試合終了のホイッスルが鳴った。

「あっ。あたしも戻《もど》らなくちゃ」

すみれちゃんが、笑った。

「そうだよ。マネージャー！」

「まっかせて」

「あ。すみれちゃん。ユースケくんは？」

「あいつは、全然、ヘタだから、試合になんか、出してもらえないの」

すみれちゃんが、口をとがらした。

「翼くんとは、違うわけよ」

「そっかぁ」

「かなり有望だよ。新入生の中じゃ、ピカイチじゃない？」

「あっ！」


そのとき。

あたし、おもわず、声をあげちゃった。

今、翼くんに声をかけたのは……。

あの女の人だった。

渋谷《しぶや》で、翼くんと一緒《いっしょ》にいた女の人！

胸がドキッとする。

「ねぇ。ねぇ。すみれちゃん。あの人、誰《だれ》？　今、翼くんと話してる」

「あ。詩麻《しま》さん？」

「詩麻さんっていうんだ」

「サッカー部のチーフマネージャーだよ」

「そう」

「3年生でね。すっごく、いい人だよ。気が強いけど、サッパリしてて、みんなにすごく好かれてる。まあ、あたしより落ちるけど、美人だしね」

いい人……なんだ。

マネージャーか。

それに、学年もふたつ上なんだ。

なら、なにか用事があって、ふたりでいても不思議じゃない。

よね？

「でも、果保」

すみれちゃんが、あたしに耳打ちした。

「詩麻さんには、気をつけたほうがいいよ」

「え？」

「翼くんのこと、かなり気にいってるみたい」

「！」

「すっごいんだから、アプローチ」

「え……」

うそ……。

「伊藤《いとう》さーん」

その詩麻さんが、すみれちゃんを呼んだ。

「あっ。ごめん。じゃ、あとでね。ユースケたちと一緒《いっしょ》に帰ろう」

「うん」

「翼くん、果保が来てるって知ってる？」

「実は、ナイショなの」

「じゃ、あとでね」

「うん」


そのとき、詩麻さんと話してた翼くんが、ハッと顔を上げた。

あたしに気がついたみたい。

詩麻さんになにか言って。

こっちに向かって走ってくる。


「果保！」

翼くんが近づいてくる。

「来てたんだ？」

ちょっと驚いた顔してる。

「練習してるとこ見たくて来ちゃった」

「なんだ。言ってくれればよかったのに」

翼くん、照れくさそうに笑う。

「今、シュート決めたよね。カッコよかったよ」

「ありがと。今、すごく調子がよくってさ」

「大石くんっ。あたしのこと覚えてるっ？」

そのとき。

ずいっと、花ちゃんが、あたしたちの間に割り込んだ。

「え？」

翼くんが、きょとんとしてる。

「あたし、伊集院花子《はなこ》。小学校のとき一緒《いっしょ》だったんだよっ」

「あーっ。わかった！　転校した子だろ？」

「そうよー。きゃーっ。どうして、覚えててくれたのっ？」

花ちゃんが、喜ぶ。

「一緒のクラスになったことないじゃない。もしかして、あたしにホレてたとか？　いやーん。そういうことは、もっと言って」

花ちゃん、バシバシ、翼くんの背中を叩《たた》く。

「っていうか。伊集院さんって、ジャングルジムの上から落っこちて、救急車で、運ばれたことあったろ？　3年生のとき。よーく覚えてるんだ」

「げっ。暗い過去」

「あははは。あの伊集院さんかぁ」

「そーよ。翼くん。覚えててくれて光栄だわよ」

花ちゃん、苦笑い。

そのとき、

「大石くん、試合、始まるわよーっ」

あの女の人……、詩麻さんが、翼くんを呼ぶ。

ちょっと、刺《とげ》のある声。

「はい。今、行きまーす」

翼くん、返事して。

「果保。冷えてきたから、これ、着てなよ」

翼くんが、ユニフォームの上に着ていたパーカを脱いで、あたしに渡してくれた。

「え……ありがと」

「きゃーっ。やるう。花ちゃん、焼けちゃうー」

花ちゃんが、からかう。

あたしの胸がぎゅっと熱くなる。

嬉《うれ》しくなって、あたしは、それを、そっと肩にはおる。

翼くんの香りがする。

優しいんだ。

あたしのこと、好きでいてくれてるよね？

疑ったりしてごめんね。

心の中で、翼くんに謝《あやま》る。

また、試合が始まった。
あたしは、グラウンドを駆《か》け抜《ぬ》ける翼くんに見とれてる。
「やるねー。翼くん。やることが憎《にく》いね」
「へへ」
と、なにげなく、つっこんだパーカのポケット。
なにか入ってる。
？
取りだすと……。
中から掌《てのひら》に載《の》るくらいのちいさな箱が出てきた。
「箱？」
なんだろ？　見ちゃおっと。
蓋《ふた》を開けると、中には、ちいさなピアスが入ってた。
ダイヤモンドみたいな透明な石のピアス。
どうして
ピアス？
翼くんは、ピアスなんかしてない。

あたしも、ピアスの穴は開けてない。
そして、これは、あきらかに女物だし……。
じゃあ……これは、誰《だれ》の？
どくん。
胸が高鳴って。
心臓が、ヒヤッとした……。

薔薇《ばら》の刺《とげ》

「広岡果保《ひろおかかほ》さん」


サッカー部の練習が終わって、後片付けが始まった。

あたしと花ちゃんは、グラウンドのすみのベンチに腰かけて、翼《つばさ》くんたちが来るのを待っていた。

すると、そこへ、詩麻《しま》さんがやってきて。

あたしの名前をフルネームで、呼んだ。

「はい?」

「ちょっと、話があるの。少しだけいい?」

詩麻さんは、にっこり微笑《ほほえ》んだ。

「あなた、翼くんのカノジョなんでしょ? 話は、いつも聞いてる」

「え」

「ユースケくんとすみれちゃんが、またよくしゃべるのよ。果保が、どうした、ああしたって。ほんとに、あなたたち、仲良しなのね」

「あ。はい」

「でも、あなただけ、高校が別になって、残念ね」

「え……」

言葉の奥にひそむ刺《とげ》。

かすかに、古い傷が痛む。

なんで、わざわざ。

そんなことを言うんだろう。

あからさまな敵意を感じる。

「ちょっと、いい？　ふたりっきりになりたいの」

そう言うと、詩麻さんは、体育館の裏庭のほうへと歩きはじめた。

「果保……」

花《はな》ちゃんが、心配そうにあたしを見上げる。

「大丈夫《だいじょうぶ》。ちょっと話してくるね」

あたしは、そう言って、詩麻さんのあとについていく。

大丈夫《だいじょうぶ》。

こういうのは、慣れてる。

すみれちゃんがさっき言ってたよね。

あの人、翼くんにモーションかけてる、って……。

「ここなら、いいかな」

くるり。

大きなポプラの木の下で、彼女が振り返った。

まっすぐに、あたしの顔を見る。

「わたし、岩田《いわた》詩麻。湾岸《わんがん》高校の3年。サッカー部のマネージャーよ」

「はい。あたし、広岡果保です」

「単刀直入に言うわね。あなた、翼くんのこと好き？」

「え？」

「答えてよ」

「……もちろん、好きです」

「わたしもね、大石《おおいし》翼くんが好きよ」

「え」

「あなたがいることも知ってるわ。でも、好きなの」

あまりにも、まっすぐな言葉で、どう答えていいのかわからない。

「わたし、好きになったら、黙《だま》っていられないの。もう、告白したのよ。翼くんにも」

「え!?」

「なんだ、聞いてないの？　そのこと」

「……翼くんは、なんて」

「つきあってる女の子がいるからって、断られたわ」

ふうっ。

安堵《あんど》の気持ちが胸に広がる。

「でも、それでもいいから、仲良くしてねって、わたし、頼んだの」

！

「だって、あなたがいても、好きな気持ちは止められないもの」

彼女がにっこり微笑《ほほえ》む。

あたしに、どうしろっていうのよ。

なんで、そんなこと、わざわざ、言うのよ。

すごい自信。

信じられない……。

「それに、翼くんも、わたしのことは、嫌いじゃないって言ってくれてるの」

「え？」

「カレ、だんだん、わたしにひかれてるみたい」

「そんなこと！」

「ねぇ？　恋愛は、近くにいる女のほうが、有利だと思わない？」

詩麻さんが微笑《ほほえ》む。

「クラスでも、隣《となり》の席に座《すわ》った子と、いちばん仲良くなるでしょ？　それは、近くにいて、話すチャンスが多いからよ。恋愛だって、同じことよ」

心臓がドキドキしてきた。

「わたしと翼くん、毎日、部活で、一緒《いっしょ》にいるのよ」

「そんなこと、あたしに言われても……」

「正々堂々と戦いましょうってことよ」

「あたし、翼くんとは、別れませんから」

あたし、そう言い捨てると。

くるりと、詩麻さんから背を向けた。
なんて……なんて。
なんてこと！
あの勝《か》ち誇《ほこ》ったような顔。
物言い。
つきあってるあたしがいるのに、全然、悪びれない態度。
戦いましょう？
どうして、そんなこと言われなくちゃいけないのよ。
翼くんは、詩麻さんにひかれてる？
くやしい。
あたし、完全に、バカにされてる。
苦手。嫌いだ、あんな女の人！
でも、詩麻さんの言葉が、ぐるぐる頭の中で、回ってる。
――恋愛は、近くにいる女のほうが、有利だと思わない？

ピアスの秘密

「ちょっと。果保《かほ》、大丈夫《だいじょうぶ》だった？　青い顔しちゃって」

花《はな》ちゃんが心配そうに、あたしのほうに、駆《か》け寄《よ》ってきた。

「……。いきなり、宣戦布告《せんせんふこく》されちゃった。わたしも翼《つばさ》くんが好きって」

「あっちゃー。すごい度胸だね。信じられない」

「そういうことできる人って、けっこういるのよ」

「へー。それで、フェアなつもりなのかね。よっぽど自分に自信があるんだ」

「美人だもんね」

「でも、ふたつも上でしょ。ババアじゃん」

「今、年上って、流行《はやり》だしね」

「関係ないよ。そんな性格悪い女、言わせときなって」

「……花ちゃん。ありがと」

「大丈夫《だいじょうぶ》よ。果保。あんな女に取られるくらいなら、あたしが、翼くん、果保から奪ってあげるから」

「あ……あのね……花ちゃん」

「どう？　うけた？」

「あははは」

あたし、おもわず、笑っちゃった。

花ちゃん、ありがと。


でもね。

やっぱり。

気になっちゃうよ。

詩麻《しま》さんのこと……。

あたしとタイプが、全然違うんだもん。

年上で、大人っぽくって。

それに……。

あたし、ハッとする。

まさか……このピアス。
ポケットの中。
固い箱の手触《てざわ》り。
詩麻さんに、あげるんじゃないよね？

翼くんは、いつも少し、あたしの先を歩いてる。
成績だって、スポーツだって。
なんだって、あたしよりできる。
すごく優秀な男の子だ。
だから、そんな翼くんが。
そのうち、ダメなあたしに見切りをつけて。
どこかへふいっと行ってしまいそうで。
いつも、少し怖《こわ》かったんだ。
高校が別になったら、よけいにそう。
翼くんは、あたしを置いて、どんどん、ひとりで歩いていっちゃう。
そんな気がする。

2年以上もつきあってるのに。

不安が、胸の中で、綿アメみたいに、どんどんふくらんでいく。


「果保」

翼くんが走ってくる。

明るい笑顔にほっとする。

「おまたせー」

すみれちゃんが、手を振る。

「果保。ひっさしぶりじゃーん」

ユースケくんが、あたしの頭をバンバン、叩《たた》く。

「おっ。なんだよ。美人連れて。オレに紹介してっ」

ユースケくん、めざとい。

すぐに、花ちゃんに目をつけて、挨拶《あいさつ》してる。

「ユースケですっ。よろしく」

「こんにちはー。花ちゃんでーす」

「こらっ。ユースケっ」

すみれちゃんが、ユースケくんの口をねじりあげた。

「あだだだ……」

「この、浮気者っ。もー。果保、聞いてよっ。こいつってば、サッカー部でも、すぐに、詩麻さんに目をつけて、『詩麻さあん』って、毎日うるさいんだから」

「そうなんだ……」

「だって、詩麻さん、美人じゃーん」

ユースケくんが、サラッと言った。

「そそるよなー。美人で、優等生で運動神経抜群で、ちょっと性格のキツイとこが、またいーんだよ。『もっと叱《しか》って♡』って感じ」

「ユースケ！」

すみれちゃんが、カバンで、ユースケくんをボカボカ殴《なぐ》った。

「この浮気者っ。あたしみたいな美人の彼女がいるくせにっ。なにが不満なのよっ」

「きゃーっ。すみれちゃーん。許してー。ウソでーすっ」

「あはははは。ユースケとすみれって、いっつも、これなんだよ」

翼くんが、笑う。

「それに、詩麻さんは、オレじゃなくって、翼くんに、ご執心《しゆうしん》なんでーす」

ユースケくんが叫《さけ》ぶ。

その言葉に、胸がヒヤッとする。

「そうなの？」

あたし、ユースケくんに聞く。

「ああ。マジマジ。果保、気をつけなー。詩麻さんのアタック、すんごいんだぜっ」

ユースケくんが、笑う。

「やめろよ。ユースケ。そんなんじゃないって」

翼くんの表情が、硬《かた》くなった。

「…………」

「うそうそ。果保ちゃん。そんなマジな顔しないでってば」

あたしと翼くんの様子を見て、ユースケくんが、必死にとりつくろう。

でも……。

告白されたんでしょ？

翼くん……。

詩麻さんから、直接、聞いたんだから。

どうしよう。

さっきのこと。
翼くんに、言うべき？
あたし、迷ってた。
だって、告げ口とか、悪口になっちゃいそうだもの……。
あたし、女の子の悪口。
なるべく言わないように気をつけてきた。
いい子ぶるわけじゃないよ。
でも、悪口は言うのも、聞くのも、好きじゃない。
特に、女の子の場合。
嫉妬《しっと》やねたみが、悪口の原因になることが多いじゃない。
自分も翼くんとつきあったことで、さんざん言われてきたもの。
ブスのくせに、翼くんに取り入って。
ああ見えても、あの子って、ヤリ手だよね。
みたいなこと。
そういう悪口。
すっごく気分、悪いよね。

でもね。
そのとき、思ったんだ。
悪口って。
それを言った人とか。
言わなくても、否定せずに聞いている人のほうの。
底意地の悪さばかりを、露呈《ろてい》してしまうものだ、って。

そう思って。
あたしは、いろんな思いを。
ぐっと、その場で、胸にしまいこんだ。
結局、その日は、あたしは、なにもなかったように明るく振る舞った。
せっかく、ユースケくんやすみれちゃんに会ったんだもの。
だから、その日は、5人で、ファーストフードに寄り道して、大騒ぎした。
すごく楽しかったんだ。
でも……。
帰りぎわだった。

すみれちゃんが、トイレに立ったとたんに。

ユースケくんが、翼くんにささやいた。

「翼。そういや、明日、詩麻さんの誕生日だろ?」

「うん」

ドキッ。耳がついつい、ダンボになる。

「サッカー部で、お祝いしような」

「うん。練習のあと、部室で軽くパーティーやろ」

「すみれに言うと怒るからナイショだけどさ。個人的に、オレ、なにか贈り物しちゃおっかなーとか思ってんだ」

ユースケくんが、笑った。

「詩麻さんって、ピアスのコレクションしてんだってな。翼、知ってた?」

ピアス。

その言葉に胸がドキッとした。

「……知らない」

翼くんが、一瞬、言いよどんだのがわかった。

ピアスのコレクション。
じゃあ……あの箱は……。
もしかして……。
明日の詩麻さんへの誕生日プレゼントなの?
イヤな予感に胸がふさがれる。
怖《こわ》いんだ。
あの人が。
翼くんをさらっていってしまいそうで、怖いんだ。

そして、その予感は、的中することになる——。

歯医者にて

翼《つばさ》くんと詩麻《しま》さん。
ポケットの中のピアス。
不安が胸に絡《から》みつく。
翼くん、いなくならないよね。
あたしから、離れていかないよね。
怖《こわ》いんだ。
だって。
あたしが会えないときも。
あの人は翼くんの隣《となり》にいる――。
翼くんが、なによりも好きなサッカーをサポートするパートナー。
去年まで、あたしがいた場所。

そこに、今は、詩麻さんがいる。

怖《こわ》いんだ。

すみれちゃんは、

「あたしが、ちゃーんと見張っててあげるわよ」

って言ってくれたけど。

でも、人の気持ちは、縛《しば》れない……。


そんなことばっかり考えていたからかな。

「いたたたた……」

その翌週から、奥歯が痛みはじめた。

痛み止めを飲んだのに、全然、きかない。

一晩、眠れなくて、のたうち回った。


「ママー。やばいよぉ。もう、歯が痛くて死にそう」

「え？」

あたしは、学校を休むことにして、朝、パパの紹介で、近所の歯医者に飛び込んだ。

歯医者さんなんて、小学生のとき以来。

あの、先に針みたいのがついた歯を削《けず》る機械（あれ、なんていう名前なんだろ？）の、ウィーンウィーンという音が聞こえてくる。

そして、子供の泣《な》き叫《さけ》ぶ声。

うわあ。

やだっ。

ふいに、忘れかけていた恐怖が蘇《よみがえ》ってくる。

待合室で、体を硬《かた》くしていると。

「広岡果保《ひろおかかほ》さーん」

呼ばれて、治療室に入った。

白い布カバーのかかった、黒い革張りの治療用の長椅子《ながいす》に倒れこむように座《すわ》る。

優しそうな女医さんだ。

なぜか、ほっとする。

レントゲンをとったり、歯の中をいろいろ調べられて、

「あらあら、虫歯が3本もあるわよ」

と、先生に言われて、ショック。
しばらく通院しなくちゃいけない。
いろいろ治療してもらうと、昨夜の痛みはウソのように消えていった。
よかったー。
でも、ぐったり。
歯の治療のあとって。
なんで、こんなに魂《たましい》抜かれたような気になるんだろ。
隣《となり》の椅子《いす》にいた子供の治療が終わり。
次の患者さんの名前が呼ばれる。

「岩田《いわた》さん。岩田詩麻さん」

！
あたし、びっくりして、入り口のほうを見る。
ドアから入ってきたのは……。
詩麻さんだった。
え？

この近所に住んでいたの？
知らなかった……。
詩麻さんも歯痛で休んだの!?
私服の彼女は、ジーンズの脚《あし》が長くて、カッコいい。
スタイル……いいんだな。
そう思うと、息が詰《つ》まった。
彼女は、あたしには、気がついていない。
あたしの横をすり抜けて、隣《となり》のブースへ。
そのとき。
ハッとした。
彼女の耳たぶに、気がついてしまった。
キラリと光ったのは……。
ダイヤモンドみたいな石のピアス。
それは……。
あの日。
翼くんのポケットに入っていたものだった。

どうして……？
やっぱり、あれは……。
詩麻さんへの誕生日プレゼントだったの……！
ショックで、あたしは、身動きがとれない。
頭の中に、ざあっと砂が入れられたみたい。
一瞬。
なんにも、考えられなくなる。
翼くん。
ユースケくんに聞かれたとき。
知らないって言ったじゃない。
ピアスを集めてること。
知らないって。
なのに。
なのに。
それは、用意してあった。
どうして……？

そんなに親密な関係なの？
翼くんが、あたしを裏切るわけないのに。
なにか理由があるはずなのに。
でも、怖《こわ》いんだ。
離れてる間に。
あたしと翼くんの間に。
いつのまにか、距離ができてた。
そして……そして。
いつのまにか。
あの人が……。
詩麻さんが、そこに入り込んでいた。
あたしは、詩麻さんに気づかれないように。
逃げるように、歯医者を飛び出した。
デートのキャンセルが増えたのは、そのせい？
あんまり会ってくれないのは、そのせい？
詩麻さんのせい？

歯医者を出て、家までの道を走っていると。

「果保っ」

突然。

ぐいっと腕をひっぱられた。

「なにやってんだよ。顔、真っ青だぞ」

あたしは、立ち止まる。

気がついたら、いつのまにか、リヒトがあたしの横に立っていた。

有末《ありすえ》理人《りひと》。

ひとつ年下の中学3年生。

弟みたいな存在。

「リヒト……」

「果保？　どうした？」

「あの……ね……あたし……」

とたんに。

ふっと、目頭《めがしら》が熱くなった。

「やだ……あたし……」

「果保？」

「リヒトの顔見たら……」

なぜだかわかんない。

笑おうとしてたんだけど。

なぜだか。

頬《ほお》に涙が、ポロポロ、こぼれてきちゃった。

やだ。

涙、止まんない。

「なんだよ。果保。どうしたんだよ」

リヒトが困惑した顔してる。

「今、歯医者行ってきた……」

「歯医者が怖《こわ》かったのか？　ったく、ガキだな、おまえ」

リヒトが、あたしの肩を抱き寄せた。

年下のくせに、いつだって、生意気なんだから。

「違う。そうじゃないっ」

「じゃあ、なんだよ？」

「翼くんが……翼くんが……」

あたしは、そう言いかけて。

あたしは、リヒトの肩にしがみついて。

わんわん。

泣きだしていた。

涙のプール

「まいったよなー。いきなり、泣きだすんだもんな」

「ごめん……」

しばらく泣いたあと。

あたし、正気に戻《もど》ったら、かなり恥《は》ずかしくなった。

「ま。いいって。果保《かほ》の涙には、慣れてるよ」

「あ……あたしだって、リヒトの涙には、慣れてるんだからねっ」

「あた。それ、言うなよー」

「へへ」

「ま。お互い、スネに傷持つ身ってことで、痛みわけな」

「そうそう。そういうことにしといて」


柔らかな日差しがあたたかい。

新緑がまぶしい。

あたしとリヒトは、近くの公園の芝生《しばふ》に座《すわ》る。

そう。

あの日、翼《つばさ》くんと一緒《いっしょ》に来た公園――。

目の前には、広い池が広がってて。

お母さんとちいさい女の子が、ボートに乗っているのが見えた。


「それより、リヒト、学校、行かないの？」

「あんまり天気がいいから、サボろうぜ！」

「え!?」

「こんないい天気の日に、暗い教室で、勉強すんのなんか、たるいよなー」

「あのね……」

「そんなこと言うなら、自分もこれから、高校行けば？」

「やだ。行きたくない」

「だろ？　気があうじゃん」

「中ボーに言われたくないよ」

「ちえっ。ひとつしか違わないクセに。エラソーに」

「えらいんだもん。あたし、高校生なんだからね」

「ぶはははは。なにイバッてんだよ」

リヒトが、芝生《しばふ》にゴロンと寝ころがりながら言った。

「そういうところが、ガキっぽいんだよ」

リヒト、そう言ってから、あたしの瞳《ひとみ》、見上げて言った。

「翼とケンカでもしたのか？」

「ううん……」

「じゃ、なんだよ？」

「ケンカなら……まだいい」

「なんだよ。それ」

翼くんのこと。

信じてるのに。
でも、さっきの。
詩麻《しま》さんのピアスが、頭から離れない。
どうして、あげたの？
深い意味はないの？
先輩だから？
それだけ？
でも。
翼くんが、このまま、どこかに行っちゃいそう。
そんな気がして、不安なんだ。
名前のとおり、背中に翼が生《は》えて。
あたしの手の届かないとこに行ってしまいそう。
ねぇ。
高校が別になったら、だめなの？
近くにいる女の子には、勝てないの？
あたしの知らない翼くん。

あたしの知らないところで。

あの、詩麻さんっていう人と会ってるの？

不安がみるみる、あたしの胸の中に広がっていく。

嫉妬《しっと》で息が詰《つ》まる。


「それより、リヒト、真保《まほ》ちゃんのこと、聞いた？」

「聞いたよ。真保さんらしいよな。子供できたって？」

「うん」

「桐島《きりしま》先生もびっくりだよな。退院したばっかだっていうのに」

「中学校に復帰するのは、ちょっとまだムリなんで、家で、塾をひらくって言ってたよ」

「ああ、数学、教えればいいよな。きっと、人気者だぜ」

「そうだね。先生、子供大好きだもんね」

「結婚式、9月だろ？　おなか、もう大きくなってんじゃないの？」

「それもまた、オシャレじゃーん。とか、真保ちゃん、言ってるよ」

「ほんと型破りだよな。あのオンナ」

「真保ちゃんっぽい」

「通訳の夢は、どうすんだよ？」

「もちろん、ちゃんとかなえるって」

「まあ、やるだろな。真保さんなら」

「うん。たぶん。意志強いし」

「9月か。とりあえず、真保さんの結婚式は、出席できるな」

「え？　どういうこと？」

「秋に、1週間ぐらいイギリス行こうと思ってるんだ」

「え？」

「進学のことで、リサーチにね」

「進学って……イギリスで？」

「うん」

「え？　リヒト、イギリス行っちゃうの？」

「第1志望は、私立緑山女学院《みどりやまじょがくいん》なんだけどなー」

「女子校だよー」

「女装して、入ろうかなーと」

「あ。似合うかもね」

「まあ、冗談《じょうだん》はさておき、オレ、マジに考えてるんだ」

「え？」

「イギリス、帰ろうかなって」

「帰る？」

「友達もいるし、向こうの高校に進学するのも、いいかなって」

「じゃ、日本の高校、受験しないの？」

「うん」

　リヒトが笑った。

「どうして？　なんで、いきなり、そんなこと」

　あたしは、不安になる。

　去年、リヒトのご両親の離婚問題があって。

　リヒト、家出したことがあったんだよね。

「ご両親、まだ、うまくいってないの？」

「なんとか持ち直してるよ。大丈夫《だいじょうぶ》」

「よかった」

「心配かけて、ごめん。オレ、家出とかして、みんなに迷惑かけて、そういう自分を、ものすごく恥《は》じてるわけ」

「リヒト……」

リヒトの横顔が、去年よりずっと大人に見えた。

「オレ、早く自立したい。生活費を稼《かせ》ぐのは、まだムリだけど、せめて、普段《ふだん》の生活ぐらい自分でできるようになりたい」

「えらいね……」

「えらくなんかないさ。親には親の人生がある。離婚っていう選択肢《せんたくし》もありなんじゃないかって。あんとき、真保さんに、言われただろ？　オレ、そのことずっと考えてた。オレが、自立して、大人になれば、親がどうしようが、受け止められる」

「そういうリヒトは、もう十分、大人だよ」

「いや、意地っ張りなとこ、直さないとな」

リヒトが、笑った。

「果保を置いてくのが心残りだけど……」

「リヒト……」

「オレも、向こうで、イギリス人の彼女でも見つけ……」

「……」

「果保？」

「…………」

「なんだよ。どうしたんだよ。また、なに泣いてるんだよ」

「やだ……あたし……」

自分でも気がつかないうちに……また泣いてた。

瞳《ひとみ》から、ボロボロ、涙。

どうして？

「果保!?」

リヒトが、ばっと上半身を起こす。

「なんだよ？　なにかあったのかよ？」

「な……なんでもない」

「なんでもないわけないだろ？」

「は……歯が痛いんだいっ」

「ウソつけっ。顔、ひきつってるぞ」

「…………」

「なんだよ。どうなっちゃってんだよ」

リヒトが、頭をガリガリっとかいた。

「翼とうまくいってないのかよ？」

あたしは、うなずく。

「……ったく」

リヒトが、芝生《しばふ》をむしって投げつける。

「果保が、自信に満ちてて、しあわせそうじゃなかったら、オレ、安心して、イギリスに行けないだろっ」

「……ごめん。ごめ……あたし……」

やだ。

みんな、あたしから、離れていっちゃう。

翼くんも。

リヒトも。

どうしよう。

あたし、どうしたらいいんだろう。


怖《こわ》いよ。

あたし、ひとりだけ取り残されちゃう。

美保《みほ》ちゃんには、海人《かいと》さんがいる。

真保ちゃんには、桐島先生がいる。

ママには、パパがいる。

あたしには？

あたしの隣《となり》にいてくれる人は？

「あのね……リヒト……」

あたしは、しゃくりあげながら。

翼くんと詩麻さんのこと。

話しだしたんだ。


「どうなってんだよ？」

「よくわかんないの」

「そりゃあ、2年もつきあってたら、浮気のひとつやふたつ、あっても不思議はないんじゃないのー？」

「そういうものなのっ？　男ってサイテー」

「そりゃあ、キレイな女の子いたら、いいなって思うじゃん。それは、しょうがないよ」

「あたしは、そんなことないっ」

「そっかぁ？　果保だって、桐島先生、ステキー。とか、海人さん、カッコいー。とか言ってんじゃん」

「でもっ。それは、浮気なんかじゃないもんっ」

「精神的な浮気とも言えるな」

「違うっ。絶対に、違うっ。それに、その女の人、怖《こわ》いんだよ。あたしに、宣戦布告《せんせんふこく》してきたんだから。あたしから、翼くんを奪うって」

「おー。キアイ入ってんじゃん。オレ、根性のある女って好き」

「やだっ。リヒト、どうして、そうやって、人の神経、逆撫《さかな》でするようなことばっかり言うのよっ」

「果保。もっとタフになれっていうの。翼の前で、そんなメソメソしてたら、そんなうっとーしー女、翼、いやになって逃げていくぞ」

「どうして、リヒトって、そんなひどいことばっか言うのよー。ばかっ」

「ばかとは、なんだよ。真剣に、相談にのってやってんじゃん」

「なによ。言いたいことばっか言って。優しくないよっ」

「本音《ほんね》で、話してやってんだろうが。オレ、果保には、ウソつきたくないんだよ」

「え？」

「テキトーに、口当たりのいいこと言ってほしいかよ？」

「…………」

「大丈夫《だいじようぶ》。大丈夫。翼は絶対に、果保のこと好きだよ。って言えばいいか？」

「そんな……」

「ヤだろ？　オレ、ホンキで、思ったことしか、言いたくない」

「リヒト」

「果保の前では、とりつくろわない。ウソつかない。いいとこも悪いとこも、全部見せる。だから、信用しろ。オレのこと」

「…………」

「親友って、そんなもんじゃないか？」

リヒトの言葉が、胸にじんとくる。

リヒトは、いい友達だよ。

ほんとに。

知り合ってから、この2年。
いろんなことあったね。
あたしたち、いろんなこと、話し合った。
お互いが辛《つら》いとき、いつもお互いが支えになった。
あたしたち。
親友だよね。
本音《ほんね》で、心配してくれるのは、リヒトだからなんだよね。

そのときだった。
バシャーン。
すごい水音がした。
「きゃーっ！」
池のほうから、女の人の悲鳴が聞こえた。
さっきまで、ボートに乗っていた親子だった。
子供が、急に立ち上がって、池に落っこちたらしい。
ボートを漕《こ》いでいた母親は、パニックになってる。

「子供が溺《おぼ》れてるっ。たすけなくちゃ」

リヒトが立ち上がる。

「果保。警察と救急車に連絡しろ」

「う……うん」

あたしの手が震《ふる》える。

「オレ、泳ぎには、自信あるんだ」

リヒトは、そう言って、池に飛び込んだ。

「リヒト――――！」

夏風邪《なつかぜ》

「リヒト。大丈夫《だいじょうぶ》？」
リヒトは、なんの躊躇《ちゅうちょ》もせずに、池に飛び込んだ。
そして、見事な泳ぎで、溺《おぼ》れている子供を救いだした。
！
そして、その夜。
リヒトは、高熱を出した。
あたしは、リヒトの家のマンションに、お見舞いに出かけることにした。
家に行くと、リヒトのお母さんが出てきた。
うちのママの親友の美緒《みお》さんだ。

「リヒト。今、ちょうど寝たところなの」

「そうですか？　じゃあ、お見舞いだけ置いて帰ります」

あたしは、メロンの箱を渡す。

「果保《かほ》ちゃん。よかったら、少しそばにいてあげてくれる？」

美緒さんが、優しく微笑《ほほえ》んだ。

「リヒト、果保ちゃんのこと、ほんとに頼りにしてるのよ」

「え？」

「あの子、ああいう性格だから、友達ができにくいでしょ？　人にも、心をあまり開かないし。でも、果保ちゃんだけは別だから」

「なんでかな？」

「ソウルフレンドなんですって」

「ソウルフレンド？」

「うん。魂《たましい》の友達っていう意味よ。果保ちゃんとは、魂が似てる気がするんですって」

美緒さんの言葉に、あたしの胸がじんとなる。

リヒト。

そんなふうに思ってくれてたんだ。
あたしのこと。

ベッドにリヒトが横になってる。
すうすう。
ちいさな寝息を立てている。
寝顔が、子供みたいだ。
薬がきいてるのかな。
ぐっすり寝てる。
でも、今日。
リヒトのこと、見直しちゃったな。
意外な一面。
リヒトって、いつも、いいかげんなんだよね。
学校だって、サッカー部の練習だって、「かったるい」で、サボッちゃうし。
リヒトに好意を寄せてる女の子のこと、ヘーキで無視したりする。
かといえば、気まぐれにデートに応じたり。

自分勝手。
クール。
ポーカーフェイス。
ひとりでいるのが好き。
表立っての「いいこと」なんて、
「ハズくってできるかよっ」
って、態度。
「ボランティアとか、オレ、キラーイ」
スタンドプレーみたいで、好きじゃないって。
絶対に、「いいこと」なんか、人前でしない。
そんなリヒトが。
子供を救って。
それで、熱出しちゃうなんて。
たぶん、本人は、最大に恥《は》ずかしいはず。
「果保。このこと、誰《だれ》にも言うなよ」
って、目が覚めたら、絶対に言うはずだ。

そういうリヒトが。
あたしは、好きだよ。
ほんとは、勇気もあるし。
行動力もある。
正義感も強い。
でも、わざと悪ぶってみせる。
はぐらかしてみせる。
いい人ぶらない。
優等生ぶらない。
人に褒《ほ》められようと思わない。
そういうリヒトの魂《たましい》は……きっと、気高《けだか》いね。
キレイだね。
ねえ。
ほかの人が、どう誤解しようと。
あたしが知ってるから。
だから、リヒトが、どんないいかげんなことやったって。

あたしは、リヒトのこと、信じてるから。
だから、好きに生きていいよ。
リヒト。

あたしが、落ち込んだとき。
いつも、そばにいてくれるのは、リヒトだよね。
辛《つら》いとき。
リヒトの前でなら、素直に泣けるんだ。
どうしてだろうね？
あたしは、リヒトの手をそっと握《にぎ》る。
ありがとう。
リヒト。
リヒトは、いつもあたしをたすけてくれる。
なぐさめてくれる。
甘えてばっかりでごめんね。
大好きだよ。

リヒト。
そう思ったら。
ふいに、目頭《めがしら》が熱くなるよ。
初めて、リヒトに会ったときのこと、思い出す。
中2の秋。
あたしは、13歳。
グラウンドで、リヒトを見つけた。
リヒトは、クラスメイトとサッカーをやってた。
ポジションは、ゴールキーパー。
華麗《かれい》なフォーム。
どんなボールでも、カットしてしまう。
あたしは、サッカー部のマネージャーとして、リヒトをスカウトしたんだっけ。
11月の文化祭。
リヒトと翼《つばさ》くんは、ＰＫ合戦をした。
そのときのカケの対象は、なんと「あたし」！

あのとき、翼くんのボールを全部、リヒトが止めてたら。
あたしたち、どうなっていたんだろう？
もしかして。
あたしは、リヒトの彼女になっていたの？
ねぇ。
あたしたち、つきあっていたら。
どうだったんだろうね？
そう考えたら。
ふいに息が詰《つ》まった。
ずっとずっと。
あたしのことを好きでいてくれたリヒト。
思ってくれていたリヒト。
いつだって。
いつだって。
陰《かげ》になり、日向《ひなた》になり。
あたしを支えてくれていたリヒト。

一緒《いっしょ》に行った初詣《はつもうで》。
泣いてるあたしを抱きしめてくれた、雨のスタジアム。
誕生日にくれた、可愛《かわい》いヘアピン。
リヒトの誕生日に、一緒《いっしょ》に乗った観覧車。
去年の秋。
子供みたいに、手をつないで歩いて帰った夕暮れ。
歩道橋の上で、ふたりで夕日を見て泣いた、あの日。
高校受験に落ちて、ショックだったあの朝。
リヒトが玄関で待っていてくれた。
あのとき、ほんとに、涙がでるほど嬉《うれ》しかったんだよ。
いれてくれた熱いココア。
優しい手。
いつまでも、いつまでも。
この時間が続くと思ってた。
いつでも、リヒトは、あたしのそばにいてくれると思ってた。
でも、いなくなっちゃうの？

イギリスに行っちゃうの？

行かないで。

寂《さび》しいよ。

秋には、真保《まほ》ちゃんが、お嫁さんになって、家を出ていってしまう。

リヒトまでいなくなったら。

あたしは……。

いったい、どうすればいいの。


リヒトの手。

あたしは、ぎゅっと握《にぎ》りしめる。

そのとき、リヒトが、ゆっくりと目をあける。


「果保？」

「リヒト？　起こしちゃった？」

「あれ……オレ、寝ぼけてる？」

「寝ぼけてないよ。あたし、お見舞いにきたの」

「なんで果保がいるんだろ……」

リヒトが、手を離して。

そっと、あたしの頬《ほお》に触《ふ》れる。

「大丈夫《だいじょうぶ》。翼は、果保のこと、ずっと好きだよ」

「リヒト……」

「くやしいけど、翼には、オレ、負けちゃうよ」

「え」

「あいつ、いい男だよ。果保には、もったいないくらい」

「なに言って」

「オレが、女だったら、翼とつきあいたいもん」

「バカ」

「だから、あいつが、モテるぐらい、がまんしろ。待っててやれよ」

「うん」

「それでも……もし、うまくいかなかったときは」

「え？」

「オレんとこに来いよ」

「リヒト……」

「誰《だれ》ともつきあわないで、果保のこと、待っててやるから」

「バカ……リヒトって……ほんとに、バカだね」


リヒトの言葉に。

また、涙が、ポロポロ、溢《あふ》れて。

止まらなくなる――。

ありがとう――。

リヒトは、いつも勇気をくれるね。

それにひきかえ。

翼くんは、バカだね。

あたしに、ピアス、見つかるなんて。

ほんと不器用なんだから。

憧《あこが》れてたピアス。

あたしも、あんなふうなダイヤモンドみたいなピアス。

するのが夢だった。


コンコン。

そのとき、ドアをノックする音がした。

美緒さんが、顔を出して、手まねきした。

「果保ちゃん。お家から電話よ」

「はい？」

あたしは、リヒトから離れて、廊下《ろうか》に出る。

美緒さんが、声をひそめる。

「広岡《ひろおか》くん……いえ、パパが、すぐに戻《もど》ってきてほしいって」

「なにかあったんですか？」

美緒さんが、深刻な顔になる。

「真保ちゃんが、階段から落ちたんですって――」

「え！　だって、真保ちゃん、妊娠《にんしん》してるのに……」

「お願い。早く帰ってあげて」

「わかりました!!」

ウソ。

背筋に冷たい氷の固まりを押し当てられた気がする。

真保ちゃん……。

おなかの赤ちゃんは、大丈夫《だいじょうぶ》なの――?

ピアノの鍵盤《けんばん》

「真保《まほ》ちゃん、大丈夫《だいじょうぶ》――!?」

あたし、靴《くつ》を脱ぐのも、もどかしく、そう叫《さけ》んで、家に飛び込んだ。

リビングに、みんなが集まってる。

パパ、ママ。

桐島《きりしま》先生、海人《かいと》さん、美保《みほ》ちゃん。

そして、ソファに横になってる真保ちゃん。

みんなの視線が、いっせいに、あたしに集まる。

「大丈夫だよ。果保。今、お医者さまが帰ったところだ」

パパが、あたしの肩を叩《たた》く。

「悪かったね。呼び出して」

「ううん。そんなこと……」

「心配かけてごめん。果保。大丈夫《だいじょうぶ》だから」

真保ちゃんが、そう言って、笑った。

あたしは、真保ちゃんのもとに駆《か》け寄《よ》る。

「リヒトの風邪《かぜ》はどうだった？」

「うん。リヒトも、ずいぶん落ちついてたよ。大丈夫。そんなことより」

あたしは、真保ちゃんの手を握《にぎ》った。

「もうっ。だめじゃないっ。気をつけなくっちゃ」

「うん」

「階段から落ちるなんて、真保ちゃん、ひとりの体じゃないのよ」

「ふふっ」

真保ちゃんが、笑った。

「違うのよ。果保」

「え？」

あたし、きょとん。

「違うってなにが？」

「赤ちゃんなんか、いないの」

「え？」

「ウソなの。マズったな。今日の事故で、あたしのウソがバレちゃった」

「え？」

　ウソ？

　ウソって？

「ワタルちゃんと結婚したかったの。だから、ウソついちゃった」

「え？」

「ほんとは、妊娠《にんしん》なんてしてないの」

「真保ちゃん……」

「だって、ワタルちゃん、まだ、退院したばっかりで、体が本調子じゃないでしょ？　あたし、結婚して、そばにいて看病《かんびょう》してあげたかったの」

「真保ちゃん……」

「でも、ワタルちゃんの家族が、あたしに面倒みてもらうわけには、いかないって。大学生の女の子に甘えるわけには、いかないって、気をつかってくださってるでしょ？」

かったの」

「でも、あたしは、今、一緒《いっしょ》にいたかったの。苦しむワタルちゃんのそばにいてあげたかったの」

真保ちゃんの瞳《ひとみ》から、涙が溢《あふ》れだした。

「ウソついて、ごめんなさい。パパ、ママ、ワタルちゃん、美保ちゃん、果保、海人……みんな、ごめん……ごめんね……」

「真保ちゃん」

しんとした思いが、胸の中に降ってくる。

あたしの瞳が、淡《あわ》くにじんでいく。

「みんなにウソをついてまで。ワタルちゃんと結婚したかったの」

「真保ちゃん……」

「この前の、海人見て、閃《ひらめ》いちゃったんだ。妊娠《にんしん》したって言えば、すぐに結婚できるんだって。あたし、悪知恵が働くでしょ」

「真保。もう、結婚式の予約はすんでるんだ」

「パパ」

「ウエディングドレスも注文してある」

「うん」

「え……」

「9月に予定どおりに、結婚したらいい」

「パパ……」

真保ちゃんの瞳《ひとみ》から、どっと涙が溢《あふ》れだす。

「桐島先生。こんなウソつきな娘ですが、家族になってやってくれますか?」

「ええ。もちろん」

桐島先生が、真保ちゃんの前にやってきて。

あたしは、立ち上がって。

桐島先生に場所を譲《ゆず》る。


「ワタルちゃん。ウソついてごめんね」

「ほんとだよ。オレと真保の子供が生まれるって、楽しみにしてたのに」

真保ちゃんの肩が、震《ふる》える。

「うちのじいさんも、ひ孫が生まれるって、すごい喜んでたのにな」

「ほんとに、ごめんなさい……」

「もう、ウソはつかないって約束しろよ」

「うん……」

「オレたち、夫婦になるんだからな」

「……うん」

桐島先生の言葉に。

真保ちゃんは、まつげを震《ふる》わせると。

ぼろぼろぼろ。

大粒の涙をこぼした。

「おいおい」

桐島先生が、ハンカチでぬぐってもぬぐって。

真保ちゃんの涙。

溢《あふ》れてきて止まらなかった。


こうして、桐島先生と真保ちゃんは――。

今年の9月に結婚することになった。


あたしは、そっと庭に出る。

もう、外は暮れていて、5月の夕暮れの風が、気持ちよかった。
桐島先生と真保ちゃんが、結婚する……。
今日のふたりを見ていたら。
あたしの中で、なにかが静かに終わったような気がした。
桐島先生に恋した日々。
あたしの初恋。
今、キチンとケリがついたね。
近くの家から、ピアノの音色《ねいろ》が聞こえてくる。
誰《だれ》かが練習しているんだ。
白い鍵盤《けんばん》。
黒い鍵盤。
両方があるから、ステキなハーモニーが生まれる。
どちらかだけじゃだめ。
人と人も。
ふたりが一緒《いっしょ》になって、初めて奏《かな》でられるメロディーがあるんだよね。
桐島先生と真保ちゃん。

海人さんと美保ちゃん。
パパとママ。
そして──。
あたしと翼《つばさ》くんは？
たぶん。
今。
ふたりのピアノは、不協和音だね。

庭に出ると、夏が近づいているのがわかる。
もうすぐ、6月。
緑のにおいが濃くなる。
野鳥の声がする。

ウジウジ悩んで。
言いたいことも言えない関係なんて、よくないね。
そう。

翼くんに、会いに行こう。
今すぐ、翼くんの家を訪《たず》ねてみよう。
怖《こわ》いママがいるけど、かまうもんか。
ピアスのことも。
詩麻《しま》さんのことも。
ちゃんと正直に、尋《たず》ねよう。

あたしは、自分の部屋に飛び込んで、鏡を覗《のぞ》く。
髪をブラッシングして、うすくルージュ。
唇《くちびる》をこすりあわせるようにして色を馴染《なじ》ませて、ティッシュオフ。
鼻の頭に軽くパフ。
花《はな》ちゃんに教えてもらった、ナチュラルメイク。
花ちゃん。
あたし、がんばってくるね。
「よし！」
声を出して、自分に気合いを入れる。

鏡に向かって、微笑《ほほえ》んでみる。
「ちょっと出かけてきまーす」
そう言うと、急ぎ足で、翼くんの家に向かう。
空を見上げて、深く息を吸い込む。
スニーカーの爪先《つまさき》で、小石を軽く蹴《け》る。
翼くんと一緒《いっしょ》に通った道。
中学時代は、毎朝、家まで迎えに来てくれた。
中学の3年間。
あたしの隣《となり》には、いつも、翼くんがいた。
机を寄せたランチタイム。
背番号10のユニフォーム。
クリスマスにプレゼントしてくれたバンビ。
スキー教室。
一緒に行った東京タワー。
修学旅行。

ふたりで、鴨川《かもがわ》のほとりを歩いたね。
文化祭の夜。
教室で、ふたりっきりで踊《おど》ったフォークダンス。
気がついたら。
いつも、いつも、隣《となり》に翼くんがいた。
同じことで、笑って。
同じことで、喜んだ。
そして、初めてキスした児童公園——。
そう……。
あの日。
13歳の秋。
制服姿の帰り道。
ここで、ふたりでブランコに乗ったよね。
金木犀《きんもくせい》の香りがふたりを包んで。
あのとき。
翼くんが、ブランコのチェーンを引き寄せたんだ。

そして。
ふたりの唇《くちびる》が触れ合ったね。
その児童公園の前に差しかかって。
あたしは、なつかしさにふいに足を止める。
少し背伸びして、公園の中をのぞいてみる。
なつかしいブランコ。
あ。
誰《だれ》かが、座《すわ》ってる。
カップルみたい。
ここって、デートの定番スポットだったりして？

え——？
あたしは……。
次の一瞬。
言葉を失った。
掌《てのひら》が汗ばむ。

だって。
そこには、翼くんがいた……。
そして、その横には、女の人。
そう。
それは……。
詩麻さん――。
どうして……？
どうして？
ここに詩麻さんがいるの？
翼くんと一緒《いっしょ》にいるの？
あたし、激しく後悔してた。
寄るんじゃなかった。
この公園に。
そしたら、こんなシーン、見なくてすんだのに。
そう。
それから起こったことは。

まるで悪夢。

詩麻さんが、翼くんの腕に手をかけて。

そして、詩麻さんが、翼くんに近づいて。

そして……。

詩麻さんの唇《くちびる》が、翼くんの唇に……。

！

雨は銀の糸

ふたりの唇《くちびる》が重なりそうになったとき。

「いやあ！」

あたしは、ふいに叫《さけ》んでた。
ふたりは、パッと離れてから、あたしのほうに振り向いた。
「果保《かほ》……」
翼《つばさ》くんは、あきらかに、うろたえてた。
そして、あたしの全身の血が凍《こお》りつく。
でも、詩麻《しま》さんは……。
勝《か》ち誇《ほこ》ったように、あたしを見ていた。

まるで、あたしが通りかかるのを、知ってたみたいに……。

「果保」

「……翼くん……ここでなにしてるの」

激しい気持ちが、胸の奥から湧《わ》き上《あ》がってくる。

思い出の場所。

あたしと翼くんの聖域。

サンクチュアリ。

そこに、翼くんは、平気で、ほかの女の子を連れてきて。

そして、その子とキスしようとした。

あたしが声をあげなかったら。

ふたりは、絶対にキスしてた……。

あたし、そのことが、まずショックだった。

許せなかった。

翼くんのしたことが許せなかった。

自分の思い出が、土足で踏みにじられたような気がした。

そこにいるのは。

あたしの知らない翼くんだった。

翼くんが。

まるで知らない男の子に見えた……。

わかってない。

翼くんは、なんにもわかってない。

あたしが、今、どんな気持ちでいるか。

あたしが、今、どんなに惨《みじ》めで。

情けなくて。

悲しくて。

心臓が、壊れちゃいそうに痛いか……。

目頭《めがしら》が熱くなってきて。

涙で、翼くんの顔がゆがむ。

あたしは、翼くんと詩麻さんに飛びかかって、ふたりをおもいっきり、なじりたかった。

胸を叩《たた》きたかった。

でも、そんなことできなかった。

体に、まるで力が入らない。

なにが起こったのか、よくわからない。

全身が壊れてしまったみたい。

ただただ。

涙が溢《あふ》れて、止まらない……。


「果保……これは」

翼くんが、近づいてくる。

「翼くんは……」

あたしは、涙を流しながら、叫《さけ》んだ。

「もう、あたしのこと……好きじゃないの？」

「果保。違う……」

翼くんが、あたしのもとに走ってくる。

あたしの腕をつかもうとする。

「いや！」

あたしは、翼くんの手を払いのける。
翼くんが、びっくりしたように、手を引っ込める。
「ほかの女の子を触《さわ》った手で、触らないで！」
翼くんに……。
こんな激しい言葉を浴びせたことなんか、今までない。
でも、失望と怒《いか》りとショックで、頭の中が、ヘンになっちゃいそう。
どうしていいのかわからない。
あたし、なんて言えばいいの？
この気持ち、どう伝えればいいの？
こんなとき。
自分の気持ち、上手につくろえるほど。
あたし、恋の経験なんてない。
あたし、そんな大人じゃない。
翼くんが、初めてつきあった男の子なんだから――。
「果保……ごめん。でも……」

翼くんが、口をひらく。
「言いわけなんか聞きたくない！」
あたしは、その言葉を遮《さえぎ》る。
ポツン。
そのとき。
雨が降りだした。
ポツリポツリ。
だんだん、雨が強くなる。
雨に濡《ぬ》れながら、あたし、立ちすくむ。
ピカッ。
空が、光って、雷《かみなり》が落ちる。
坂道を流れ落ちていく雨のように。
イヤな予感が、ひとつの方向へ流れていく。
するどい痛みが、心をつらぬく。
翼くんは、あたしがいるのに。
ほかの女の子にキスできるんだ……。

心変わりしたんだ。
詩麻さんが好きになったんだ。
もう。
あたしのことは……。
好きじゃないんだ……。
ガラガラガッシャーン。
近くに、雷《かみなり》が落ちて。
あたしの心の底にも、深い深い、亀裂《きれつ》が走る。
去年の12月。
こんなふうに。
ふたりで雨に濡《ぬ》れたことがあったよね。
あのときは。
ふたり、一緒《いっしょ》に、電話ボックスで雨宿《あまやど》りした。
そのあと、翼くんの家に行って。
翼くんが、大好きな絵本をあたしにプレゼントしてくれた。
黄色と青が重なってグリーンになるお話。

あたしが黄色で、翼くんが、青。
あたしは、永遠の緑を信じていたのに……。
やだ。
どうして、こんなことばっかり思い出すんだろう。
だって。
どんな季節にも、翼くんとの思い出があるんだもの。
一緒《いっしょ》に過ごした時間が濃密すぎて。
あたしは、どうしていいのかわからない。
これで、終わり？
おしまいなの？
恋って。
あたしたちの関係って。
こんなに、あっけないものだったの？
2年間かかって、積み上げたものが。
たった一瞬で、崩《くず》れ落《お》ちてしまうの？
あたしたちって……。

そんなものだったんだ。
やだ。
こんなのはイヤ。
もう、なにも、誰《だれ》も、信じられない——！

大人になっても、13歳の冬休みを忘れない。
翼くん、いつか、そう言ってくれたよね。
大人になったら、果保と結婚したい。
そう言ってくれたこともあったよね。
なのに……なのに……。
あたしの唇《くちびる》が震《ふる》える。
胸がふさがる。
瞳《ひとみ》の奥から、涙が溢《あふ》れて止まらない。
苦しいよ。
怖《こわ》いよ。
こんなことってあるんだね。

こんなふうに、信じてた人に。
カンタンにあっけなく。
裏切られることってあるんだね。
翼くんのことを考えて過ごした3年間。
それが、全部、一瞬にして踏みにじられた気持ち……。
足がガタガタ震《ふる》える。
全身に震えがくる。
やだ。
どうしよう。
あたし、頭がヘンになっちゃいそうだ。
あたし、自分が壊れちゃいそうで、怖《こわ》いよ。
こんな、気が遠くなるほど悲しいこと。
ショックだったこと。
今まで、経験したことがないから……。

「果保さん……」

詩麻さんが、翼くんのうしろから、顔を出した。
「ごめんね。でも、わたしも翼くんのことが好きなのよ」
！
見たくない。
顔も見たくない。
声も聞きたくない。
ごめんねなんて……。
心にもないくせに。
得意でしょうがないくせに。
今さら、そんなこと言うのはやめてよ。
フラれたあたしを見て、気持ちいいくせに。
傷ついてるあたしを見て、優越感に浸《ひた》ってるくせに。
翼くんが選んだのは、あなたじゃなくて……わたしなのよ。
あなたより、わたしのほうが、上なのよ。
瞳《ひとみ》が、そう言ってるよ。
――！

「わあああ」

あたしは、頭を抱《かか》えて、その場にしゃがみこんだ。

気が狂《くる》いそう。

なにもかもイヤだ。

翼くん、ひどいよ。

ずるいよ。

翼くんも、詩麻さんも汚いよ。

ふたりのこと、あたしは、ケーベツする。

「もう会わない……。翼くんなんか、大ッ嫌い！」

唇《くちびる》を引き裂いて、言葉が飛び出す。

「果保……」

翼くんが、痛ましいものを見るように、あたしの顔を見てる。

「もう、二度とあたしに話しかけないで！」

今まで、積み上げてきた信頼が、全部、なくなっちゃった。

「二度と、あたしの名前を呼ばないで!」

さよなら。

もう会わない。

それだけ言い捨てて。

あたしは、雨の街を駆《か》けだした——。

バシャバシャ。

雨水が、足もとに絡《から》みつく。

髪が額に張りつく。

全身、びしょ濡《ぬ》れ。

雨は、どんどん激しくなっていく。


「果保っ」

翼くんが、追いかけてくる。

あたしの腕をつかむ。

「果保。待てよ。果保!」

「いや。触《さわ》らないで!」

「ごめん。果保のこと、傷つけるつもりじゃなかったんだ」

「謝《あやま》るくらいなら、なんであんなことするのよ」

「果保のことが嫌いになったわけじゃないんだ。でも、正直、詩麻さんにも、ひかれてるんだよ……」

「そんなの汚いよ。ずるいよ」

「果保」

「両方欲しいなんて、ずるいよ」

あたし、翼くんの手を振り切ろうとする。

でも、翼くんが、あたしを強い力でひっぱる。

どんっ。

翼くんの胸に、あたしの顔がぶつかった。

そして。

そのまま、翼くんに抱きしめられた。

「果保……。ごめん。オレ、どうしたらいいのかわかんないんだ……」

ぎゅうっ。

翼くんに抱かれる。

一瞬、すべてが、どうでもよくなる。
翼くんのにおい。
心臓の音が聞こえる。
大好きだよ。
ほんとにほんとに、大好きだった。
ほんとは、今でも、大好きなの。
ねえ？
ウソでしょ？
ウソだって言って。
あたしの見たことは、全部、ウソだって言ってよ。
時計の針を戻《もど》してよ。
なかったことにして。
今も、果保のことだけが好きだって。
そう、言って……。
お願い……。
「翼くん……」

「果保……」
　そのとき。
　あたしの脳裏に、翼くんと詩麻さんのキスシーンが蘇《よみがえ》ってくる。
　恐ろしく鮮明に……。
「やだ！」
　あたしは、翼くんを、力いっぱい突き飛ばして。
　そして、夜の街を駆《か》けだした。
　全力で駆ける。
　雨が、ざあざあ、降ってくる。
　雨は銀の糸。
　糸を通した、針千本が、あたしの全身に降ってきて、痛いよ。
　痛い。
　痛くて痛くて。
　全身から、血が吹き出すよ。
　足がもつれる。
　息が切れる。

それでも、走って、走って。

思いを振り切るように、走った。

翼くん。

翼くん。

あたし、こんなに……こんなに。

翼くんのことが好きなのに……。


「果保!」

途中で、誰《だれ》かに呼び止められた。

パパだった。

「なかなか帰ってこないから心配して……捜《さが》しに来たんだ」

パパが、あたしに傘《かさ》を差し出す。

「びしょ濡《ぬ》れじゃないか。それに、そんなに泣いて……」

「パパ……」

「いったい、なにがあったんだ?」

あたしは、

「わあっ」

と、泣いて、パパにしがみついた。

「果保？　どうしたんだ？　なにがあったんだ？」

「翼くんが……翼くんが……」

「果保？」

「わあああ……」

あたしは、泣いて泣いて泣いて。

声をあげて泣いて。

慟哭《どうこく》した。

そして、パパの顔を見上げた瞬間。

パパの顔が、ぐらっと渦《うず》を巻いて、溶けて……消えていった。

そう――。

あたしは、パパの胸の中で。

そのまま、気を失っていたんだ。

「果保！」

遠く、パパのあたしを呼ぶ声を、聞きながら……。

さよなら

「果保《かほ》。ほら。バーベキュー、焼けたよ」

翼《つばさ》くんが、あたしに、お皿を渡してくれる。

「ありがとう」

キラキラ。

海が光ってる。

白いショートパンツにTシャツ姿のあたしがいる。

青い海。

まぶしい太陽。

焼けた砂。

「果保。ほら、コーラ」

あたしにコーラを渡してくれるのは、ユースケくんだ。

「スイカも冷えてるわよ」
すみれちゃんが、スイカを差し出す。
ああ。
嬉《うれ》しい。
そう。
あたしたち、今。
ユースケくんちの別荘に遊びに来てるんだった。
夢みたい。
楽しいなぁ。
こんなしあわせ、永遠に続けばいいのに。
キラキラ。
青い海が光る。
ザザーン。
白い波が、砂浜に打ち寄せる。
「翼くんのカレーはまだ？」

「もうないよ」

「え？」

「そろそろ、オレは帰る時間だから……」

「え？」

あたしは、びっくり。

「翼くん、帰っちゃうの？」

「うん」

ふいに、翼くんが、悲しそうな顔になる。

「どうして？」

「じゃ。果保」

「翼くん。いきなりどこに行くの？」

翼くんが、まぶしい光のほうに駆《か》けていってしまう。

「翼くん……翼くん……待ってよ」

あたしは、追いかける。

「翼くん！」

「果保……さよなら」

「え？」

「もう、会えないよ……」


「果保」

「果保」


耳元で名前を呼ばれて。

気がつくと、あたしは、ベッドの上だった。

「美保《みほ》ちゃん……」

あたしを覗《のぞ》き込《こ》んでいたのは、美保ちゃんだった。

「気がついた？」

「果保。気分はどう？」

真保《まほ》ちゃんが、心配そうに聞く。

「あれ……翼くんは？」

「………」

ここは、海じゃない。

ユースケくんも。
すみれちゃんもいない。
翼くんも……いない。
あれ……？
ここは、あたしの部屋？

「ゆうべ、雨にずぶ濡《ぬ》れになって、果保、すごい熱出して、倒れたのよ」
美保ちゃんが静かに言った。
かすかに、意識が戻《もど》ってくる。
そうか……。
パパに抱きついたところまでは、覚えてる。
でも、それから、なんの記憶もない。
ああ。
そうか。
翼くんのことは……。
ほんとだったんだ。

夢じゃなかったんだ……。


「翼くん……」

それだけ言うと。

「やだ……」

あたしは、しゃくりあげていた。

夢に出てきた翼くんは。

それは、それは、優しい笑顔だった。

あたしの大好きなバンビの瞳《ひとみ》。

まっすぐに、あたしを見つめてくれる。

優しい笑顔。


「どうして……」

涙が止まらない。

「旅行に行く約束してたのに……。4人で……行くって約束したのに……」

「果保」

「指切りまでしたんだよ……なのに……なのに……」

美保ちゃんが、あたしの肩に手をかける。

あたしは、起き上がって、美保ちゃんにしがみつく。

胸が押しつぶされそう。

胸が痛いよ。

痛くて痛くて……。

たまらないよ。


「美保ちゃん……。あたし、翼くんに……フラれちゃった」

そう言うと。

また瞳《ひとみ》に涙が、溢《あふ》れてきた。

「果保……」

美保ちゃんが、絶句する。

真保ちゃんも、真顔《まがお》になってる。

「ねぇ？　どうして？　あたしの、どこがいけなかったの？」

涙が、わっと溢れだす。

「どうして？　どうして？」

涙が、ボロボロこぼれる。

「あたし、だめなのかな。あたし、女の子として、魅力ないのかな……」

「果保。あんたは、悪くない。なんにも悪くないのよ」

真保ちゃんが、あたしと美保ちゃんごと、抱きしめる。

「でも、ならなんで、翼くんは、あの人のところに行っちゃったの？」

「理屈じゃないのよ。それが、恋なのよ」

「そんなの、あたし、わかんない。誰《だれ》か、わかるように説明して」

あたしは、わっと泣きだす。

「あんなに好きだって言ってくれたのに……この2年間は、なんだったの？」

わあ……。

あたしは、また、泣《な》き崩《くず》れていた。

「たぶん、果保がいい子過ぎたのよ」

真保ちゃんが、あたしを抱きしめる。

「翼くんは、果保に甘えたのよ……安心したのよ」

「そうよ。果保が、優しすぎたのよ」

美保ちゃんもそう言って。

あたしたち、3人で、抱き合った。

「すぐに、翼くんは、後悔する。そして、果保のもとに戻《もど》ってくるわよ」

真保ちゃんが言う。

「そうかな……そんなことあるのかな……」

「きっと、そうよ。絶対にそうよ」

「失って初めて、気がつくこともあるのよ」

美保ちゃんの瞳《ひとみ》にも涙が光ってる。

「でも、戻ってきても……こんなことがあったあとで……あたしたち、元に戻れるのかな……」

「戻らなくてもいいのよ。果保……それは、あんたが決めることだもの」

美保ちゃんが、泣きながら、あたしを抱きしめる。

「かわいそうに。なんで、果保みたいにいい子が、こんな目にあわなくちゃいけないの……」

「ほんとだよ。果保。あんたは、なんにも悪くないのよ。悪いのは、全部、翼くんよ」

いつのまにか、真保ちゃんも泣いてる。

15歳。
高校1年生。
あたしは、こうして。
恋を失って。
1週間も、学校を休んだ。
それは、ほんとうに、辛《つら》い経験だった。

こんな思いをするくらいなら。
あたし、もう二度と恋はしない。
もう二度と。
誰《だれ》かを好きにならない。
もう。
誰のことも――。
好きにならない。

そう思うくらい。
辛《つら》い体験だった——。
そして、その年の秋。
また、あたしに、大きな恋の事件が起こるんだけど。
それは、まだ、もう少し、先の話……。

（翼編に続く）

あとがき

こんにちは。

小林深雪《こばやしみゆき》です。

3月の誕生日には、たくさんのカードやプレゼントをありがとうございました。

手作りのビーズアクセサリーとか、手編みのマフラーとか、可愛《かわい》い力作多しで、感激。

みんな、なんて器用なんだ。すごいなー。

カードとかも、飛び出すようになってたり、アイディアが冴《さ》えてるよね。

でも、本人、実際の誕生日の日は、アメリカ旅行を翌々日にひかえ、徹夜で、この本の原稿を書いてました。もう泣きながら（笑）。

食事に行く予定もあったんだけど、それもキャンセル。

そんな、わたしをあまりに不憫《ふびん》だと思ったのか（?）、担当さんから、ケーキが届いて（もちろん、1ホールだよ）、びっくり。

やっぱり、コバヤシには、花よりケーキと思ったのかな（笑）？

で、そのケーキをバカ食いしながら、書いてました。

パソコンにクリームくっつけたりしながら（笑）。

自分で、その時期に旅行（取材ではなく遊びです）を入れちゃったから自業自得《じごうじとく》なんだけど……。

あの日は、ほんとうに辛《つら》かったな。

ヤバかった。

で、その影響か!? 原稿のほうも、すごいことに……。

読者のみなさま、まさか、こんなことになるとは想像もしてなかったでしょ？

ほんとに、す……すみません。

びっくりした？

もしかして、怒ってる？

みんなの反応が怖《こわ》いなぁ。

と、思いつつ、このお話は、９月発売の「翼編《つばさ》」に続きます。

今度の本は、翼くんが主人公です。

翼くんの言いぶん（いいわけ？）も、ぜひ聞いてやってください。

実際は、こういうことって、やっぱりあるよね（と、遠い瞳《ひとみ》……）。
さて、4月から新年度が始まって、約1か月。
後《おく》ればせながら、進学、進級、入学、就職、結婚、出産(?)おめでとうございます。
新しい環境は、どうですか？
また、手紙で、いろいろ近況、教えて！
では、ここで、10周年特別企画パート4。
今までの著作を順にコメントしていくね。

㊽『至上最強の恋愛　LEVEL1　果保《かほ》／中1／12歳』
果保と翼くんの中1時代のお話は、ここからスタート。いやあ、ふたりとも、ういういしいね。今回とはエライ違いだ（笑）。カバーでは、果物の写真をバックに使用しているのが面白《おもしろ》いでしょ？

㊾『至上最強の恋愛　LEVEL2　美保《みほ》／高3／17歳』
美保ちゃんのイメージはさわやかな柑橘系《かんきつけい》。ということで、バックの写真はレモン。実は、このときの担当さんの名前が「みほちゃん」。しかも、彼女は東大出身。なので、美

保ちゃんにも、東大を受験させてみたのでした。

㊿『至上最強の恋愛　LEVEL3　真保《まほ》／高1／16歳』
このときは、三姉妹で、桐島《きりしま》先生を取り合ってバトル（？）してたんだね。うーん。このシリーズの歴史を感じちゃうな。モテモテのワタルちゃんも、そろそろ結婚ですよ。

51『行きは友達　帰りは恋人』
このタイトル、短い中にもドラマがこめられていて、われながらいいタイトルだと思うんだけど（笑）、どう？　このあと、読者から「修学旅行先で告白して、まさに、このタイトルのとおりになりました！」というお手紙をいただき、嬉《うれ》しかった。

52『至上最強の恋愛　LEVEL4　果保／中2／13歳』
この本で、ついに、果保と翼くんが、つきあいはじめる（予感）。このときの翼くん、カッコいいよねぇ。自分が失恋したとき、こんなふうに男の子になぐさめられたら、ぐらっときちゃうな。翼くん。イイヤツだったんだけどねぇ（すでに過去形かッ!?）。

㊸『至上最強の恋愛　LEVEL5　美保／大1／18歳』

この本については、やっぱり47ページのイラストを抜きには語れないでしょ。久実《くみ》ちゃん悪ノリ!?っていうか、当時の担当さんが、海人《かいと》ファンだったために、大サービスしちゃったんだよね。すごいよ。このポーズは。しかも、ビキニパンツだっ(笑)。

㊹『天使が味方についている』

ひさびさの単発もので、楽しく書きました。幼い頃《ころ》の初恋の男の子と、また、再会できたら？　が、テーマ。みんなも、幼稚園とか、小学校のときに、淡《あわ》い思いを寄せてた男の子たち、いたでしょ？　成長して、カッコよくなってるかもよ。男の子は、高校生ぐらいから、ぐっと大人っぽくなる、期待大です！

㊺『至上最強の恋愛　LEVEL6　真保／高2／17歳』

三姉妹シリーズ、完結編です。海人の故郷である、沖縄《おきなわ》に取材に行ってきたんだけど、イリオモテヤマネコで有名な西表島《いりおもてじま》に行けたのが、すごく心に残ってる。あんなジャングルが日本だなんて、信じられない！　日本、再発見！な気分。

㊻『**そんなすぐには大人になれない**』

このカバー、気にいってます。いつもとちょっと雰囲気《ふんいき》が変わって、シンプルなデザインがいいでしょ？　十代のときって、子供扱いされるのがイヤで、早く大人になりたかったり、そうかと思うと、ずっと子供でいたかったりして、すごく揺れる時期だよね。そんな気持ちを書きたくて、書いてみました。ママのキャラは気にいってる。こんな大人になりたいなぁ。って、もう十分、大人なんだけど（笑）。

㊼『**⑬**《サーティーン》**恋愛白書**』

いちばん人気の果保ちゃんを主役に、果保ちゃんと翼くんの恋愛をメインにした新シリーズがスタート。巻頭の、「今、あたしのほしいもの」は、まさに、当時のわたしのほしいもの、そのまま（笑）。このうち、携帯《けいたい》電話とノートパソコンは手に入れました。

㊽『**⑬**《サーティーン》**恋愛白書　ロマンティック編**』

ふと思いつき、巻頭に短い詩というかコピーみたいなものを入れて、牧村《まきむら》先生にイラストをつけてもらいました。そしたら、みんなからすごく反響があって、大好評だったので、果保と翼シリーズでは、必ず見開きで入れることにしました。今までのコピーで、お気にいりは、どれ？　教えてね。わたしは、コレだな。やっぱり。

㊾『⑭《フォーティーン》　恋愛白書　春物語』

果保ちゃんが表紙で持っているのは、翼くんからクリスマスプレゼントにもらった、バンビです。そして、バックの桜がキレイ。「あとがき」を書いてる今は、まさに、桜の季節。うちの庭にも、桜の木があって、もう満開。今日も、洗濯物を取り込んだら、ブルーのシャツに桜の花がついてたりして、なんだか嬉《うれ》しかったりして。果保たちも中3になって、修学旅行は、京都《きょうと》、奈良《なら》です。春の日本は、ほんとにキレイだよね。京都で、花見なんて最高だな。また行きたい。

㊿『⑭《フォーティーン》　恋愛白書　夏物語』

果保ちゃんのビキニの胸元に、たぶん、翼くんは、くらくらだろう……。という夏物語のカバーです。この本を読むと、コロッケが食べたくなる！　という意見も多数。あと、すみれちゃんが、ヒナタちゃんを殴《なぐ》るシーンが、すっごい怖《こわ》い！　というお手紙もたくさんもらいました（笑）。

⑥1『⑭《フォーティーン》　恋愛白書　秋物語』
表紙はケーキ・バイキング状態の果保。秋なので、ちゃんとモンブランだったりして、牧村先生、気を遣《つか》ってくれてます。今回は、海人の浮気事件が物語のメイン。ここでの海人は、なかなか男らしかったよね。浮気したのに（？）また、人気があがっちゃった。あ、ちなみに、初期の海人のイメージモデルは、ソリマチでした。

⑥2『至上最強の恋愛SPECIAL』
ティーンズハートでのデビュー10周年記念本ということで、初版のみ、豪華カラーシール付きです。残りわずかなので、まだの人は、ぜひ、お早めに。すごくいい仕上がりになっています。ここのところ、ずっと果保が主役だったので、「美保と真保の話も読みたーい」という意見も多数だったために、三姉妹をそれぞれ主役にした短編集にしてみました。果保の章に出てくる、絵本は、ほんとうにある本です。本屋さんで探してみて。

⑥3『⑭《フォーティーン》　恋愛白書　冬物語』
果保と翼の中学時代編、完結です。長く続いたこのシリーズも、ひとくぎり。少し、お休みしようかな。とも、思っていたんだけど、「高校生編も絶対に書いて！」というお便

りが殺到したために、すぐに続きを書くことに……。でも、高校生編は、今までみたいに、「ほんわか」とは、いかない予定。かなり厳《きび》しい内容になるかも？　覚悟してね？

㊹『涙は覚悟の恋』

ひさびさの単発読み切りは、書いてて自分でも新鮮な気分。好きなのに、そっけなくしちゃったり、ムシしちゃったり……。意識しすぎて、心と行動がウラハラになっちゃうことって、あるよね？　そんな不器用な女の子に、とくに読んでほしいな。あと、最初は、悲しいラストにしようともくろんでたんだけどね。最後の章を、やっぱり、最後の最後で書き加えてしまいました。文中に出てくるモネの睡蓮《すいれん》の絵は、ほんとうに、上野《うえの》の西洋美術館にあります。ぜひ、訪ねてみてください。

というわけで、やったー。全冊制覇《せいは》！

あれ？

この本もふくめて、全部で71冊なのに、７冊足りないぞー。と思った人もいる？

残りは、ポストカードブックなどの企画ものなので、省略しました。

本屋さんで、チェックしてみてね。

というわけで、やっと、10周年企画も終了です。

長々とおつきあいありがとうございました。

では、ここで、牧村久実《まきむらくみ》先生、今回も、キュートなふたりを書いてくれてありがとう！

来月の6月13日は、牧村先生のお誕生日だよ。みんな、お祝いのカードを贈ろう。

そして、担当の野村《のむら》さん。お疲《つか》れさまでした。ヨーロッパ、気をつけて行ってきてください。

最後に、告知コーナーです。

次のティーンズハートは、7月5日発売。

タイトルは、

『願えばきっとかなう』

去年、「なかよし」で書いた漫画「夢をかなえる夏やすみ」の小説版を出しちゃいます。

星羅《せいら》と「ラブサバ」の礼羅《れいら》姉妹の出てくる番外編のおまけつき。というわけで、イラストは、白沢《しらさわ》まりも先生です。

どうぞ、お楽しみに。

そして、9月5日に、今回のお話の続編である、『⑮《フィフティーン》高校生白書　翼編』が出ます。翼くんの言いぶんも聞いてやってください。

「なかよし」では、白沢まりも先生とのコンビで、『ODA－IBAラブサバイバル』連載中です。

「ラブサバ」をガイドブックに、春やすみ、お台場《だいば》に遊びに行ったよ。

という報告も届いて嬉《うれ》しい。

こちらも、応援よろしくお願いします。

「ラブサバ」は、年内に、コミックスも発売する予定ですので、こちらもよろしく。

では、次は、7月にお会いしましょう！

2001年3月　小林深雪

小林深雪先生の『⑮《フィフティーン》高校生白書　果保編』、いかがでしたか？
小林深雪先生、イラストの牧村久実先生への、みなさんのお便りをお待ちしています。

♡小林深雪先生へのファンレターのあて先♡
〒112-8001　東京都文京区音羽2-12-21　講談社　X文庫「小林深雪先生」係

♡牧村久実先生へのファンレターのあて先♡
〒112-8001　東京都文京区音羽2-12-21　講談社　X文庫「牧村久実先生」係

ガール フレンドになりたい!

I-WANNA BE A GIRLFRIEND

Vol.64 前の彼が忘れられない の巻

前につきあってた男の子にどうしても執着《しゅうちゃく》してしまう。それは、どうしてなんだろう。深層心理を探《さぐ》ってみよう。

フラれたのにまだ好き。このままじゃストーカーになっちゃいそう。

中学のときに、半年だけつきあってた彼がいます。人気者でカッコイイ男の子で、告白されたときには有頂天。もう、毎日、楽しくて嬉《うれ》しくて。けれど、モテる彼に「他に好きな子ができた」という理由であっさりフラれてしまい、ショックでした。でも、そんなヒドいことをされたのに、2年たった今でも、彼が忘れられないんです。気がつくと、彼の家の前で、待ち伏せしてしまったり。電話をかけたり、手紙を書いたりしてしまう。またつきあいたい。(佐賀県・モネ)

カレに執着《しゅうちゃく》するのは彼にフラれたから！ 十代は短いんだから時間がもったいない。

初めてのことって、インパクトが強烈だから、記憶の書き込みがものすごく深いんだよね。だから、こだわる気持ちはすごくよくわかる。でも、待ち伏せとか、電話や手紙攻撃は、絶対に逆効果だから、やめたほうがいいよ。一歩間違うとストーカー行為だし、それって、いちばん相手には嫌われる行為だよ。だって、想像してみて。2年前に、自分がフッた男の子が、家の前で、いまだに待ってたら怖《こわ》いでしょ？このままじゃ、友達でもいられなくなっちゃうよ。あと、わたしはまたつきあうことには反対。だって、人って思い出を美化しがちだし、しかも、失ったもの、手に入らなかったものには、すごく執着するものだから。あなたがカレにそんなにこだわっているのは、ズバリ、彼にフラれたからなんだよね。もう少し視野を広げたら、彼と違った魅力を持った男の子は、この世にたくさんいることに気がつく。バラだけじゃなく、ひまわりだって美しいってことに早く気がついて。十代は短いんだから、時間がもったいない。ホント。

小林深雪先生が、あなたの悩みにお答えします！　お便りたくさん待ってます。なお、お便りが採用された人には、深雪先生が選んだ、ささやかなプレゼントをお送りいたします。
〒112-8001　東京都文京区音羽2-12-21
講談社　X文庫「小林深雪のガールフレンドになりたい！」係

こんにちは！牧村久実です！…もう5月ですか!? なんだかとっても時間の流れが早くて、アップアップ状態です。皆様はいかがお過しでしょうか？新しい学校 新しいクラス 新しい職場には慣れましたか？

私は「今年になってから、どこにも行ってないなー」と、思い。突然、東京の青梅市に梅祭りを観に行きました。開花が遅れていて、半分しか咲いていなかったけれど、キレイだったです。(きっと桜も素敵なんだろうなぁ…) 久しぶりに吸った山の空気がとても良かった…。静かだし、水もキレイ。日本酒も(普段めったに飲まないのに)堪能してしまいました。ハーーッ… 癒されますね、自然って。今度は紅葉の季節に行ってみたいです♡ハイキングしたいなー。

話は違いますが、今回の「果保編」。まー、まー、スゴイ展開になっちゃってますねー。今まで、色々な危機がありましたけど、「○才シリーズ」(志保・沙保・三姉妹をひっくるめて、私はそう呼んでいます…；)では、めずらしい…いや初めて？ですかね。主人公の大失恋は……。私も続きがすっごくすっごく気になります！深雪先生!!(笑) 早く読みたいでーす!! ♥♥♥

↖今回は海人を描いてみました。美保と「身に覚えがある」告白は、私的にツボでした!! こんな人、本当にどこかいませんかね(笑)。 ではまた!!

2001年3月記

N.D.C. 913　208 p　15cm

小林深雪（こばやし・みゆき）
3月10日生まれ。うお座のA型。武蔵野美術大学空間演出デザイン学科卒業。小説家、漫画原作者として活躍中。

講談社X文庫

TEEN'S HEART

⑮《フイフテイーン》　高校生白書《こうこうせいはくしよ》　果保編《かほへん》

小林深雪《こばやしみゆき》

●

2001年5月5日　第1刷発行

定価はカバーに表示してあります。

発行者――野間佐和子
発行所――株式会社　講談社
東京都文京区音羽2-12-21　〒112-8001
電話 編集部 03-5395-3507
販売部 03-5395-3626
製作部 03-5395-3615
本文印刷―図書印刷株式会社
製本―――株式会社千曲堂
カバー印刷―半七写真印刷工業株式会社
デザイン―山口　馨

ISBN4-06-259500-1　(X庫)

講談社X文庫ティーンズハート

沙保ちゃんの高校生編三部作!

大好評発売中!

不思議の国の16才♡

わたし、高野沙保《たかのさほ》。この春、高校生になりました。広岡《ひろおか》くんとは、またまた同じクラスになれたんだけど、なんと、わたしと広岡くん、それぞれに恋の噂《うわさ》が持ちあがって、わたしたちの恋は、大混乱《だいこんらん》!

イラスト/牧村久実

恋愛の国の17才♡

今年は修学旅行の年。広岡くんと3泊4日の旅。しかも、最終日は、わたしの17歳の誕生日。これは、なにかが起こるかも!? って楽しみにしてたのに、なんと広岡くんの浮気《うわき》が発覚しちゃったんだ!

イラスト/牧村久実

幸福の国の18才♡

うちの高校は大学付属だから、ラッキーなことに受験がないの。だから、高校生活最後の1年も、今までどおり、楽しく過ごせるなって思ってたら、なんと、わたしと広岡くんの間に、別れ話が——!

イラスト/牧村久実

もし、本屋さんで見つからない場合は、
お店の人に注文してくださいね♡

〈応募の方法〉

○資　格　プロ・アマを問いません。

○内　容　ティーンズハートの読者を対象とした作品で、未発表の原稿に限ります。

○枚　数　400字詰め原稿用紙で180枚以上、240枚以内。たて書きのこと。ワープロ原稿は、A4判ワープロ用紙に40字×40行、70〜90枚。

○締め切り　2002年2月28日（当日消印有効）

○発　表　2002年9月5日発売のX文庫ティーンズハート全冊ほか。

○あて先　〒112-8001　東京都文京区音羽2-12-21　講談社X文庫出版部　ティーンズハート大賞係

○なお、本文とは別に、原稿の1枚めにタイトル、住所、氏名、ペンネーム、年齢、職業（在校名、筆歴など）、電話番号を明記し、2枚め以降に400字詰め原稿用紙で3枚以内のあらすじをつけてください。

　原稿は、かならず、通しのナンバーを入れ、右上をとじるようお願いいたします。

　また、2作以上応募する場合は、1作ずつ別の封筒に入れてお送りください。

○応募作品は、返却いたしませんので、必要なかたは、コピーをとってからご応募願います。また、選考についての問い合わせには、応じられません。

○入選作の出版権、映像化権その他いっさいの著作権は、本社が優先権を持ちます。

TEEN'S HEART

INFORMATION

ティーンズハート インフォメーション

7月の登場予定

秋野ひとみ	秘密の夏休みにつかまえて
風見　潤	卒業旅行幽霊事件
小林深雪	願えばきっとかなう
中田奈美	やりなおしの夏

★発売は2001年7月5日(木)頃の予定です。
楽しみに待っていてね!

※ティーンズハートの発売月は、1·3·5·7·9·11 月の 5 日頃です。
なお、登場予定の作家、書名は変更になる場合があります。

5月の新刊

秋野ひとみ	白い麦藁帽子《むぎわらぼうし》でつかまえて
折原みと	夢色の追想伝《メモリアル》　アナトゥール星伝⑭
小林深雪	⑮《フィフティーン》 高校生白書　果保編
橘　もも	わたしたちの「翼」